L'ANE

LUCIUS

L'ANE

Traduction de PAUL-LOUIS COURIER

Illustrations de POIRSON

PARIS
MAISON QUANTIN
rue Saint-Benoît
1887

LUCIUS

« Mon nom à moi est Lucius, et celui de mon frère Caïus, et avons commun le surnom, tous deux auteurs connus par differents ouvrages. J'ai écrit des histoires ; il a composé, lui, des vers élégiaques, étant avec cela bon devin ; et sommes de Patras d'Achaïe. »

Sauf ces quelques lignes jetées comme par hasard vers la fin de son récit, nous ne savons absolument rien de certain sur l'auteur de *l'Ane ou la Métamorphose*, ni quand, ni comment, ni même où il a vécu. Pour lui, ainsi que pour la plupart des anciens, il est impossible de revenir à l'homme, son livre à la main. Faute de moyens suffisants d'information, nous en sommes réduits à commenter l'œuvre et à deviner l'auteur à travers. « Un grand fleuve, et non guéable, a dit un critique, nous sépare des grands écrivains de l'antiquité. Saluons-les d'un rivage à l'autre, sans avoir la prétention de les connaître exactement. »

Ce livre est-il de Lucius de Patras, est-il de Lucien, ou même, comme des sceptiques l'ont soutenu, n'est-il ni de l'un ni de l'autre? Le mieux, en pareil cas, serait de réserver son jugement. Pourtant la curiosité réclame et les érudits, ne pouvant se résigner à l'aveu de leur ignorance, préfèrent recourir aux conjectures, aux commentaires, qu'ils tirent, soit de la comparaison du roman avec les œuvres puisées aux mêmes sources, soit des qualités et des défauts du style de Lucius.

Huet en fait un contemporain de Jamblique et de Lucien, qui, on le sait, fleurirent sous Antonin et Marc-Aurèle. D'autres savants, à voir certains détails naïfs et d'une simplicité touchante, inclineraient à le reporter aux premiers siècles littéraires de la Grèce. Mais c'est là, ce nous semble, une induction trop risquée. Lucius, en effet, pour ajouter à l'illusion, a répandu sur son langage un vernis d'antiquité facile à reconnaître ; il affecte l'emploi de vieux mots, d'expressions surannées, y mêlant même çà et là des phrases poétiques empruntées d'Homère.

Selon toute probabilité, il n'est pas non plus l'inventeur de sa fable. Il l'aura prise dans la tradition orale ou dans ces recueils venus de Milet, si pleins de légèreté et de badinage, dont la lecture avait tant d'attraits pour Aristide, et que les anciens estimaient un chef-d'œuvre de narration. De tout temps, les Grecs, habiles au mensonge, raffolèrent du merveilleux, des légendes et des superstitions. Est-ce à dire que ces contes fussent par eux pris au pied de la lettre ? De bien s'en faut. Leur raison corrigeait les fantaisies de leur imagination dans ses écarts. Ils s'y plaisaient néanmoins, semblables à l'enfant qui dit à sa mère : « N'est-ce pas que ce n'est pas vrai ? Mais conte-le-moi toujours. »

Lucius n'y allait donc pas de si bonne foi que le prétend Huet ; il ne croyait pas aux folies qu'il écrivait. Encore moins faut-il s'arrêter à l'étrange supposition que se permet à ce propos saint Augustin. « On ne sait pas, dit ce père, s'il est vrai que Lucius ait été quelque temps transformé en âne. » Qui jamais se persuadera qu'il ait pu conter sérieusement sa métamorphose, sa vie, ses misères sous cette forme, ses amours avec de grandes dames et donner tout cela pour des faits ? C'était le sentiment de P.-L. Courier, qui a traduit ce joli roman dans un langage heureusement imité de nos vieux conteurs et qui s'est efforcé, assure-t-il, de représenter l'âne de Lucius avec son pas et son allure. Il fait d'ailleurs valoir très habilement dans sa préface le plaisir que nous pouvons encore y prendre. Laissons-le donc signaler avec son talent habituel tout ce que la légende milésienne nous offre d'utiles enseignements :

« Qui ne verrait dans cet ouvrage qu'une narration enjouée, une lecture propre à distraire aux heures de loisir, en jugerait comme ont pu faire les contemporains. Mais, pour nous, l'éloignement des temps y ajoute un autre intérêt. Comme monument des mœurs antiques, nous avons vraiment peu de livres aussi curieux que celui-ci ; on y trouve des notions sur la vie privée des anciens, que chercheraient vainement ailleurs ceux qui se plaisent à cette étude. Voilà par où de tels écrits se recommandent aux savants. Ce sont des tableaux de pure imagination, où néanmoins chaque trait est d'après nature, des fables vraies dans les détails, qui non seulement divertissent par la grâce de l'invention et la naïveté du langage, mais instruisent en même temps par les remarques qu'on y fait et les réflexions qui en naissent. C'est là qu'on connaît en effet comment vivaient les hommes il y a quinze siècles, et ce que le temps a pu changer à leur condition. Là se voit une vive image du monde tel qu'il était alors ; l'audace des brigands, la fourberie des prêtres, l'insolence des soldats sous un gouvernement violent et despotique, la cruauté des maîtres, la misère des esclaves toujours menacés du supplice pour les moindres fautes : tout est vrai dans des fictions si frivoles en apparence, et ces récits de faits, non seulement faux, mais impossibles, nous représentent les temps et les hommes mieux que nulle chronique, à mon sens. »

PRÉFACE

DE PAUL-LOUIS COURIER

« Nous avons lu, dit Photius, les « Métamorphoses » de Lucius de Patras, en plusieurs livres. Sa phrase est claire et pure : il y a de la douceur dans son style ; il ne cherche point à briller par un bizarre emploi des mots, mais dans ses récits il se plaît trop au merveilleux; tellement qu'on le pourroit appeler un second Lucien: et même ses deux premiers livres sont quasi copiés de celui de Lucien, qui a pour titre « la Luciade ou l'Ane »; ou peut-être Lucien a copié Lucius, car nous n'avons pu découvrir qui des deux est le plus ancien. Il semble bien, à dire vrai, que, de l'ouvrage de Lucius, l'autre a tiré le sien comme d'un bloc, duquel, abattant et retranchant tout ce qui ne convenoit pas à son but, mais dans le reste conservant et les mêmes tournures et les mêmes expressions, il a réduit le tout à un livre intitulé par lui « la Luciade ou l'Ane ». L'un et l'autre ouvrage est rempli de fictions et de saletés; mais avec cette différence que Lucien plaisante et se rit des superstitions païennes, comme il a toujours fait, au lieu que Lucius parle sérieusement et en homme persuadé de tout ce qui se raconte de prestiges, d'enchantements, de métamorphoses d'hommes en bêtes, et autres pareilles sottises des fables anciennes. »

Voilà ce que dit Photius, ou du moins ce qu'il a voulu dire; car ses expressions dans le grec sont assez embarrassées. Son jugement d'ailleurs et le grand sens que quelques-uns lui ont attribué brillent peu dans cette notice. Qu'est-ce, en effet, que ce parallèle de Lucien et de Lucius, et cet amour du merveilleux qu'il leur reproche, comme s'il parloit de Ctesias ou d'Onesicrite? Lucien s'est moqué des histoires pleines de merveilles et des fables extravagantes dont la lecture, à ce qu'il paroît, étoit de son temps fort goûtée. C'est dans ce dessein qu'il a écrit son histoire véritable, parodie très ingénieuse, et depuis souvent imitée, des contes à dormir debout, de Jamblique et de Diogène. L'auteur de cette plaisanterie aime les récits merveilleux, comme Molière le langage précieux. Sans mentir, il falloit que Photius ne connût guère les deux écrivains qu'il compare si mal à propos.

Ce qu'il ajoute, et cette différence qu'il prétend établir entre Lucien et Lucius, dont l'un, dit-il, parle tout de bon, l'autre se moque en écrivant les mêmes choses, dans les mêmes termes, c'est bien là encore une rêverie toute manifeste, moins étrange cependant que celle de saint Augustin sur le même sujet. « On ne sait, dit ce père, s'il est vrai que Lucius ait été quelque temps transformé en âne. » Je ne vois pas pourquoi il en doute, ayant accoutumé de dire : « Credo quia absurdum. » Mais à moins d'une pareille raison, qui jamais se persuadera que Lucius ait pu conter sérieusement sa métamorphose en âne, sa vie, ses misères sous cette forme, ses amours avec de grandes dames, et donner tout cela pour des faits ? Quelle apparence qu'un récit, dont l'âne que nous avons est l'abrégé fidèle, fût débité comme historique ? Si cet abrégé représente, ainsi que le dit Photius, les propres phrases et les mots du livre des « Métamorphoses » ; si ce sont en tout les mêmes traits qu'on a seulement raccourcis, le même narré, les mêmes paroles, comment donc concevoir que de ces deux ouvrages où tout étoit pareil, l'un fût sérieux, l'autre bouffon ? et comment l'exacte copie d'un conte ennuyeux étoit-elle une satire si gaie ? Voilà ce que Photius ne nous explique point. Je ne veux pas dire qu'il n'eût lu ou vu à tout le moins les deux livres; mais ou sa notice ne fut faite que longtemps après cette lecture, ou en écrivant il pensoit à toute autre chose. Il ne sait et n'a pu, dit-il, encore découvrir quel est le plus ancien, de Lucien ou de Lucius, ni qui des deux a copié l'autre, et il demeure dans ce doute, sagement; car il se pourroit que Lucien, bien avant Lucius, eût fait cette histoire de Lucius, lequel, venant après cela, auroit copié son historien, et redit de soi les mêmes choses que l'autre en avoit déjà dites. Tout cet amas d'absurdités montre avec quelle distraction écrivoit le bon patriarche.

Pour moi, je ne puis croire que Lucien ait jamais rien abrégé ; ce n'étoit pas son caractère ; il amplifie tout, au contraire, et donne souvent à ce qu'il dit beaucoup trop de développement, ayant peut-être retenu ce défaut de son premier métier de sophiste et de déclamateur, esprit d'ailleurs plein d'invention qui n'avoit nul besoin d'emprunt, et certes n'eût su se contraindre à retracer ainsi froidement une composition étrangère sans y jamais mettre du sien, chose dont les traducteurs mêmes et les plus serviles copistes ont peine à se défendre. Voltaire peut dans ses contes parfois imiter d'autres écrivains, prendre une pensée, un sujet; mais ira-t-il transcrire des morceaux de Rabelais, des pages de Cyrano ? Ces vives imaginations ne suivent personne à la trace, ne copient point trait pour trait. Dans l'abrégé que Théopompe fit de l'histoire d'Hérodote, il ne mit pas un mot d'Hérodote; cela se voit par les fragments qui nous en restent. Denys d'Halicarnasse au contraire, en abrégeant lui-même ses « Antiquités romaines », ne fit apparemment, comme dit ici Photius, que resserrer, élaguer, réduire en moindre dimension ce qui se trouvoit plus étendu dans son premier ouvrage, dont il put très bien conserver les phrases et les expressions, s'il n'espéroit pas trouver mieux. Ainsi de notre auteur; car je ne fais nul doute que cet abrégé, si c'en est un, ne soit de Lucius lui-même, qui se déclare et se fait connoître avec assez de détail à la fin de son ouvrage, pour qu'on n'eût jamais dû l'attribuer à un autre. Cela ne fût pas arrivé non plus, selon toute apparence, si, à l'exemple des anciens, il eût pris soin de se nommer en tête, non à la fin du livre, et eût dit dès l'abord : Lucius a écrit ce qui suit. Mais ce n'étoit plus la coutume, et Longin se moque en un endroit de ceux qui alors prétendoient imiter en cela Hérodote et les auteurs du vieux temps. Il y falloit plus de façon. On se nommoit quelque part en passant, dans le corps de l'ouvrage, comme fait ici Lucius, et comme Lucien l'a pratiqué dans son « Histoire véritable », ou on ne se nommoit point du tout. L'ancien usage toutefois, s'il eût subsisté, valoit mieux et eût épargné aux libraires une infinité de méprises; car il n'y a guère d'auteur célèbre de l'antiquité auquel ils n'aient attribué faussement différents ouvrages.

Mais je vais plus loin, et je dis que ceci n'est point un abrégé; ce n'est point la copie réduite, mais l'original, au contraire, du livre des « Métamorphoses », qui n'étoit qu'un développement ou plutôt une pitoyable amplification de celui-ci, écrite depuis par quelque autre, je crois, que Lucius, ou, si l'on veut, par Lucius vieilli, mal inspiré, brouillé avec les Muses, ayant perdu toute sa verve; et voici sur quoi je me fonde. D'abord les anciens n'abrégeoient que des ouvrages historiques. Ce fut bien tard, sous les empereurs de Constantinople, qu'on étendit à d'autres livres cette espèce de mutilation. Alors quelques compilations, de longs traités de grammaire et de philosophie, furent réduits en petit volume; mais toujours on s'abstint de toucher aux ouvrages d'imagination, qui sont chose subtile et légère, dont la substance ne se peut saisir ni presser. Théopompe abrégea l'histoire d'Hérodote, Philiste celle de Thucydide, Brutus les livres de Polybe, quelques-uns leurs propres ouvrages, comme Denys d'Halicarnasse, Timosthène, Philochorus, tous historiens; mais nul ne s'avisa jamais de raccourcir les « Mimes » de Sophron ni les « Satires Ménippées » : et que seroit-ce qu'un abrégé de « Gulliver » ou de « Gargantua » ?

Puis, ce livre, aujourd'hui perdu, des « Métamorphoses », nous l'avons en latin traduit par Apulée. Je dis traduit au sens des anciens, car à présent on nommeroit cela imitation ou paraphrase. Dans cet Ane latin qui représente pour nous l'ouvrage de Lucius, se retrouve en effet le prétendu abrégé, l'Ane grec, tellement qu'ayant lu celui-ci, on le reconnoît dans l'autre, mais démesurément étendu par de froides amplifications et des épisodes sans fin. Les plus beaux traits de l'auteur grec sont là mêlés parmi un tas d'extravagantes fictions, de contes de sorciers, de fables à faire peur aux petits enfants, toutes inventions si absurdes et si dépourvues d'agrément, qu'on n'en peut soutenir la lecture. De pareilles sottises ont à bon droit choqué Photius dans le livre des « Métamorphoses », d'où Apulée les a prises, et sont cause qu'il taxe l'auteur de ridicule crédulité. L'abréviateur, selon lui, ayant seulement supprimé ces impertinences, le reste s'est trouvé faire un ouvrage achevé dans toutes ses parties, un véritable poème « dont le début, la fin, répondent au milieu... » Voilà ce que je ne crois point. D'un amas de confuses rêveries, cet abréviateur auroit fait un chef-d'œuvre de narration en coupant seulement des feuillets! Cela me paroît impossible; on trouve de l'or dans le sable, mais des vases ciselés, non; et je demanderois volontiers à Photius comment, de ce monstrueux chaos, de cette rapsodie informe des « Métamorphoses » certaines pièces auroient pu faire un tout régulier, si elles n'eussent été forgées à part exprès et façonnées pour s'unir. Je trouve donc fort vraisemblable que Lucius, ayant d'abord composé ce joli ouvrage tel à peu près que nous l'avons, y aura voulu joindre depuis différents morceaux, et par ces additions de pièces battues à froid et hors de proportion, aura gâté son premier jet. Qu'on prenne la peine de comparer, au grec que nous avons, le latin d'Apulée; tout ce qu'il a de plus est hors-d'œuvre; comme dès le commencement cette longue et puérile histoire de ce Socrate ensorcelé et égorgé par ces deux vieilles, ces outres changées en voleurs, et l'homme qui, en gardant un mort, a le nez coupé par une sorcière; tout cela est ajouté au grec et cousu à la narration, Dieu sait comment! Otez cela et vous retrouvez l'introduction de Lucius telle qu'elle est ici ; toute naïve, toute dramatique, où pour la clarté rien ne manque, pour l'agrément, rien n'est de trop, où enfin ne se peut méconnoître la conception originale. Et quelle apparence qu'un esprit assez foible ou assez malade pour enfanter tant d'inepties traduites par Apulée ait pu en même temps imaginer la fable et le charmant récit où ces sottises sont insérées? Je n'y vois, quant à moi nulle possibilité.

Quoi qu'il en soit de ces conjectures, qu'on ne peut appuyer de preuves, car la pièce principale nous manque, et les témoignages anciens se réduisent à celui de Photius, qui, comme on voit, est peu de chose, en somme, c'est ici l'œuvre de Lucius, puisque le plan et les détails, les pensées, les phrases et les mots lui appartiennent, de l'aveu de ceux qui donnent l'ouvrage à un autre. Le style n'en est pas aussi pur que le prétend Photius, ni en tout exempt des défauts du siècle où l'auteur a vécu. Il y avoit alors grand nombre d'écrivains dont l'étude principale étoit de créer des expressions, de tourmenter la langue, de tenailler les mots, si l'on peut ainsi dire, pour en étendre le sens à des acceptions dont personne ne se fût avisé. Cette secte a été de tout temps; elle florissoit alors, et notre auteur n'en étoit pas autant ennemi qu'on le pourroit croire, d'après ce qu'en dit Photius. Il a parfois d'étranges manières de s'exprimer, qui, dans le fait, sont à lui, et dont on auroit peine à trouver des exemples. Mais son plus grand tort, ce me semble, c'est d'aimer trop le vieux langage et les expressions surannées. En effet, il n'est point plus aise que lorsqu'il trouve à placer quelque vieille phrase d'Hérodote appropriée à son sujet. Il ose même faire usage de ces singulières façons de dire, que Platon aura employées une fois peut-être en passant. Il ne s'abstient pas davantage des tournures et des locutions réservées à la poésie, et emprunte aussi bien d'Homère que de Thucydide, se souciant assez peu du précepte des maîtres qui recommandent d'user avec sobriété de ces phrases antiques et poétiques. Il est vrai qu'on ne peut lui reprocher de ne pas s'en servir habilement, soit pour donner à son style de la grâce dans les petits détails et les discours familiers, soit pour le relever à propos; car c'est chose reconnue de tous les anciens rhéteurs, que les archaïsmes, pourvu qu'on n'en abuse point, ennoblissent le langage; mais la mesure en cela est difficile à garder. Salluste ne sut pas l'observer. Il se fit une étude de parler à l'antique et encourut le blâme de ses contemporains, ayant pillé le vieux Caton sans discrétion, disoit Auguste. La Fontaine lui-même, chez nous, tout divin qu'il est, et le premier de nos écrivains pour la connoissance de la langue, souvent ne distingue pas assez le français du gaulois. Virgile seul, plein d'archaïsmes, se pare et s'embellit des dépouilles d'Ennius, et chez lui « le vieux style a des grâces nouvelles ».

Mais que dire d'Apulée, qui, sous les Césars, veut parler la langue de Numa? Je doute fort que de son temps on le pût lire sans commentaire. Il a senti l'agrément que donnoit à l'auteur grec ce vernis d'antiquité répandu sur sa diction, et il pense l'imiter. Firenzuola, en traduisant le latin d'Apulée, a su éviter cet excès. Sans reproduire les phrases obscures, les termes oubliés de Fra Jacopone ou du Cavalcanti, il emprunte du vieux toscan une foule d'expressions naïves et charmantes; et sa version, où l'on peut dire que sont amassées toutes les fleurs de cet admirable langage, est, au sentiment de bien des gens, ce qu'il y a de plus achevé en prose italienne.

On ne trouvera point ces beautés dans ma traduction. Aussi n'étoit-ce pas mon but, quand même il m'eût été possible de dire mieux que mon auteur, mais de dire les mêmes choses et d'un ton approchant du sien, de représenter enfin, si j'ose ainsi parler, l'âne de Lucius avec son pas et son allure. Qui ne verroit dans cet ouvrage qu'une narration enjouée, une lecture propre à distraire aux heures de loisir, en jugeroit comme ont pu faire les contemporains. Mais, pour nous, l'éloignement des temps y ajoute un autre intérêt. Comme monument des mœurs antiques, nous avons vraiment peu de livres aussi curieux que celui-ci; on y trouve des notions sur la vie privée des anciens, que chercheroient vainement ailleurs ceux qui se plaisent à cette étude. Voilà par où de tels écrits se recommandent aux savants. Ce sont des tableaux de pure imagination, où néanmoins chaque trait est d'après nature, des fables vraies dans les détails, qui non seulement divertissent par la grâce de l'invention et la naïveté du langage, mais instruisent en même temps par les remarques qu'on y fait et les réflexions qui en naissent. C'est là qu'on connoît en effet comment vivoient les hommes il y a quinze siècles, et ce que le temps a pu changer à leur condition. Là se voit une vive image du monde tel qu'il étoit alors; l'audace des brigands, la fourberie des prêtres, l'insolence des soldats sous un gouvernement violent et despotique, la cruauté des maîtres, la misère des esclaves toujours menacés du supplice pour les moindres fautes; tout est vrai dans des fictions si frivoles en apparence, et ces récits de faits, non seulement faux, mais impossibles, nous représentent les temps et les hommes mieux que nulle chronique, à mon sens.

PRÉFACE.

Thucydide fait l'histoire d'Athènes; Ménandre, celle des Athéniens, aussi intéressante, moins suspecte que l'autre. Il y a plus de vérités dans Rabelais que dans Mézerai.

L'ANE

L'ANE

Un jour, j'allois en Thessalie pour certaines affaires de famille. Un cheval me portoit, moi et mon bagage; un valet me suivoit. Or, chemin faisant, je me trouvai avec quelques-uns de la ville d'Hypate, qui s'en retournoient au pays; et, marchant de compagnie, causant, mettant vivres en commun, nous nous entr'aidions à tromper l'ennui du voyage; et comme nous fûmes près de la ville, je m'enquis d'eux s'ils ne connoissoient point Hipparque, un habitant de là, pour qui j'avois des lettres de recommandation; comptant même loger chez lui; ils me dirent que oui, qu'ils le connoissoient, que c'étoit un des riches du lieu, bien qu'il n'eût qu'une servante seule pour tout domestique, et sa femme; car il est avare, me dirent-ils, et vit chichement. A l'entrée de la ville un jardin clos de murs, une maison petite, mais jolie, c'étoit la demeure d'Hipparque, où me laissèrent mes compagnons. Nous nous embrassâmes. Eux partis, je frappe à la porte. Une femme à grand'peine me répondit du dedans, puis me vint ouvrir; et sur ma demande, si le maître étoit au logis: Oui, fit-elle; mais qui es-tu? que lui veux-tu? Je lui veux, dis-je, rendre une lettre du sophiste Decrianus de Patras. Attends, me dit-elle; et, fermant la porte, elle nous laisse dehors et s'en va. Elle revint enfin. Introduit près d'Hipparque, je lui présente ma lettre en le saluant. Ils alloient souper à l'heure même, lui et sa femme, couchés sur un petit lit, seuls; devant eux une table, non encore servie. Ayant lu la lettre : Oh! le brave homme, s'écria-t-il, que Decrianus! Oui, certes, il fait bien de m'adresser ses amis. Tu vois, Lucius, ajouta-t-il, ce que c'est que mon logis, une maisonnette peu digne de te recevoir, mais que j'estime un palais, si tu t'en veux contenter. Cela dit, il appelle la servante : Va, Palestre, donne à notre hôte une chambre et ce qui lui faut, et puis tu l'enverras au bain; car ce n'est pas peu de fatigue qu'un pareil voyage.

La fille aussitôt nous conduit dans une petite chambre fort propre. Toi, me dit-elle, voici ton lit; et, en ce coin, j'arrangerai un matelas pour ton valet, avec un coussin. Lui ayant donné de quoi acheter de l'orge à mon cheval, nous sortîmes et allâmes au bain, pendant qu'elle serroit mon peu de bagages et d'équipages. De retour, nous entrons dans la salle, où, me prenant par la main, Hipparque me fit mettre à table près de lui. La chère fut assez honnête, le vin bon. Quand on eut mangé, on se mit à boire, et nous passâmes ainsi la soirée, devisant, causant, pots sur table, jusqu'à ce qu'il fût heure de dormir. Le lendemain matin Hipparque me demande où j'avois dessein d'aller, si je ne ferois point quelque séjour en leur ville. Je vais, dis-je, à Larisse, et compte partir d'ici dans quatre ou cinq jours. Mais c'étoit feinte que cela; j'y voulois trop bien demeurer, m'étant mis en tête de trouver quelque magicienne qui me pût faire voir de ces prodiges, comme un homme volant, ou bien changé en pierre. L'esprit plein de cette pensée, j'allois par la ville sans savoir trop comment m'y prendre, mais j'allois, quand je me vois venir au-devant une femme jeune encore, et riche, comme il paroissoit à son train et toute sa personne; beaux habits, joyaux, riches atours, grande suite de gens et de valets. Plus proche, comme je la regardois, la voilà qui me salue par mon nom; moi de le lui rendre, au mieux que je sus; et elle me dit : Je suis Abræa, si tu ne connois l'amie de ta mère, qui tous vous aime ses enfants comme ceux mêmes que j'ai mis au monde. Que ne viens-tu, mon fils, de ce pas chez moi demeurer ? Grand merci, lui dis-je, c'est trop de grâce. Un ami qui me reçut et me traite en sa maison, le quitter ainsi seroit injure. Mais de cœur et de volonté je demeure chez toi, noble dame, et ne t'en suis pas moins tenu. Qui donc te loge ? reprit-elle. Hipparque. dis-je. Cet avare ? Ah ! mère, ne parle pas ainsi d'un homme envers moi magnifique, et de qui chose ne me fâche, sinon le trop de chère qu'il me fait. Lors, avec un sourire me tirant à l'écart : Prends garde, me dit-elle, prends bien garde à sa femme ; c'est la plus grande sorcière qui soit en tout le pays. Libertine ! elle en veut à tous les jeunes gens, et, qui ne fait à sa guise, elle te les change en bêtes, ou de male mort les fait périr. Tu es jeune, mon enfant, bien fait de ta personne, et ne peux que tu ne lui plaises, étranger d'ailleurs de qui nul n'aura de souci.

A ces paroles, connoissant que j'avois chez moi ce que je cherchois dehors, je ne l'écoute plus ; mais sitôt que je la pus quitter, je m'en revins tout courant, et me disois à part moi : Or çà, voici l'occasion venue que tu as tant désirée, de voir des choses extraordinaires. Sus donc, alerte, Lucius! tâche par quelque invention..... La femme de ton hôte, tu la dois respecter; mais fais tant que d'avoir la servante pour amie. En te jouant, folâtrant avec elle, mais que tu lui viennes à gré, elle te dira tout. Chose ne se fait au logis que ne sachent les valets.

Ainsi fantasiant, j'arrive à la maison, où ne se trouvoit de fortune, les maîtres étant sortis, que Palestre seule occupée à préparer le souper. D'entrée, je l'aborde et lui dis : Oh! que doucement tu remues, gentille Palestre, tes fesses ensemble et ta poêle! Que telle cuisine est friande, et heureux qui peut tremper un doigt en ta sauce. Elle (car c'étoit la plus frisque et gente petite femelle) me repart de bonne grâce : Fuis, jeune homme, si tu es sage, et si tu veux vivre; ma poêle est ardente et mon brouet bouillant; que si tu y touches tant seulement, jamais ne guériras de la brûlure. Et n'est physicien tant expert, qui te sût alléger ce mal, fors moi seule, ce qui est de plus admirable, moi cause de ta douleur. Mais alors me criant merci, tu seras tout le jour après moi. Plus je te ferai souffrir, moins tu me voudras quitter; non, tu ne t'en iras pas quand je te jetterois des pierres, ayant éprouvé que c'est de la douceur de mon baume. Tu nourriras ta blessure; toujours requérant médecine, jamais ne voudras guérison. Qu'as-tu à rire? Sais-tu bien que je fais cuisine d'hommes? qu'autant que j'en prends, je les écorche comme beaux petits lapins, les désosse, les fricasse, n'épargnant foie ni courée? Je te crois, lui répondis-je; car de t'avoir vue seulement, je suis déjà sur la braise. Ton feu, sans que je t'approche, m'entrant par les yeux, me cuit et brûle jusqu'à la moelle; pourtant si tu ne me veux laisser mourir de mon mal, baille-moi, ma mie, tout à l'heure cette tant douce médecine, ou bien, puisque tu me tiens et m'as pris, comme tu dis, fais de moi ce que tu voudras, et m'écorche à ton plaisir.

Adonc, s'éclatant de rire, la bonne gouge me regarde, et de ce moment fut à moi; nous complotâmes ensemble qu'aussitôt ses maîtres couchés, elle me viendroit trouver et passeroit avec moi la nuit. Hipparque et sa femme de retour, on soupe après le bain; bon vin, joyeux devis, allongeoient le repas. Moi, feignant me sentir aggravé de sommeil, je me retire dans ma chambre. Là, je trouvai tout en bel ordre; le lit de mon valet dehors, près du mien une table, un gobelet, du vin, eau froide, eau chaude; Palestre avoit songé à tout; davantage, mon lit partout jonché de roses, ou entières, ou effeuillées, ou en beaux chapelets arrangées. Voyant toutes choses ainsi prêtes pour le festin, j'attendois mon convive en bonne dévotion.

Elle, sitôt qu'elle eût mis dormir sa maîtresse, s'en vint devers moi sans tarder; et lors ce fut à nous de boire et de faire carousse de vin ensemble et de baisers; par où nous étant confortés et préparés au déduit, Palestre se lève et me dit: Songe, jeune homme, comme je m'appelle, et te souvienne que tu as affaire à Palestre. Or sus, on va voir en cette joute ce que tu sais faire, et si tu es appris aux armes comme gentil compagnon. J'accepte ton

L'ANE.

défi, lui dis-je, et me dure mille ans que nous ne soyons aux prises. Déshabille-toi; fais tôt. Lors elle: C'est moi qui suis le maître d'exercices et qui vais éprouver ton adresse et ta force en divers tours de lutte; toi, fais devoir d'obéir et d'exécuter à point ce que je commanderai. Commande, lui dis-je. Cependant elle se déshabilloit, et quand elle fut toute nue: Dépouille-toi, jouvenceau, et te frotte de cette huile. Allons, ferme, bon pied, bon œil. Accole ton adversaire, et d'un croc-en-jambe le renverse. Bon, bras à bras, corps à corps, flanc contre flanc; appuie et toujours tiens le dessus. Çà, sous les reins cette main, l'autre sous la cuisse; lève haut, donne la saccade, redouble, serre, sacque, choque, boute, coup sur coup; point de relâche; dès que tu sens mollir, étreins; là, là, bellement; te voilà déjà tout mouillé.

Ainsi faisois-je, obéissant comme novice à sa parole, et quand j'eus d'elle congé de reposer sur les armes, je lui dis: Maître, tu vois de quel air je m'y prends, que je n'ai faute d'adresse ni de bonne volonté; mais, toi, qu'il ne te déplaise, tu commandes trop en hâte, et n'a pas besogne faite qui veut suivre ta leçon. Elle, du revers de sa main, me baille gentiment sur la joue : Tu fais le raisonneur, indocile écolier ; tu seras châtié, si tu faux au commandement; attention ! Ce disant, elle se lève en pieds ; et après s'être un peu soignée: Voyons, dit-elle, si tu es champion à l'épreuve en toutes joutes et combats jusques à outrance. Puis, tombant à genoux sur le lit : Ce n'étoit que jeu tout à l'heure, ce que nous faisions, et pour rompre quelque lance, il ne vaudroit pas la peine d'entrer en champ clos. Maintenant nous allons combattre à fer émoulu[1]....

En tels ébats se passa cette nuit, tant doux et plaisants à tous deux, où nous emportâmes le prix des combats nocturnes. Grand plaisir y avois-je de vrai. A peu que je n'en oubliai du tout mon voyage à Larisse, et le désir qui m'avoit mû de telles armes entreprendre contre cette gente Palestre. Mais à la fin il m'en souvint, et

1. Il y a ici dans le grec une suite d'équivoques qui ne se peuvent traduire.

je lui dis : Ma mie, ma chère, fais que je voie ta maîtresse en ses besognes de sorcellerie, ou prenant quelque étrange forme; car je meurs d'envie, longtemps a, de voir semblable prodige; ou toi-même, si tu t'en mêles, montre-moi quelque œuvre magique et te transforme à mes yeux. Il m'est bien avis que tu dois être du métier, m'ayant changé comme tu as fait et transmué de telle sorte, que moi, insensible, farouche (ainsi m'appeloient femmes et filles), moi que nul amour n'avoit encore su apprivoiser, me voilà mouton devenu; tu me mènes à ta fantaisie serf et captif, chose impossible, sinon par enchantement; et pourtant il faut bien, ma belle, que tu t'en aides quelque peu. Cesse, me dit-elle, badin, cesse de te moquer. Et quel charme jamais sauroit captiver amour, qui luimême est maître en cet art? Quant est de moi, je n'y sais rien. Je te jure, et croismoi, mon unique souci, par cette chère tête, par ce lit, bienheureux témoin de nos plaisirs, oncques je n'appris à lire seulement. Aussi ma maîtresse est par trop jalouse de sa science. Toutefois s'il avient que je te la puisse montrer en quelqu'une de ses métamorphoses, tu la verras, mon doux ami ; et à tant nous nous couchâmes.

Quelques jours écoulés, Palestre vient à moi et me dit que sa maîtresse, le soir même, se devoit changer en oiseau pour aller devers un sien amant. Et moi : C'est à ce coup, lui dis-je, ah ! ma chère, c'est maintenant que tu peux combler mes souhaits. Ne t'inquiète, me fit-elle. Et le soir venu, elle me mène à la porte de la chambre où couchoient Hipparque et sa femme ; et là me montre entre les ais une petite ouverture, où, mettant l'œil, je vis cette femme qui se déshabilloit. Déshabillée nue qu'elle fut, s'approchant de la lampe, elle y brûla deux grains d'encens en murmurant quelques paroles, et puis ouvrit un gros coffret où étoient force petites fioles ; elle en prit une. Ce qu'il y avoit en cette fiole contenu, au vrai, je ne le saurois dire. A voir, il me parut comme une sorte d'huile, dont elle se frotta toute des pieds jusqu'à la tête, commençant par le bout des ongles ; et lors voilà de tout son corps plumes qui naissent à foison, puis un bec, au lieu de son nez, fort et crochu. Que vous dirai-je? En moins de rien, elle se fit oiseau de tout point, le plus beau chat-huant qui fut oncques; puis, se voyant bien emplumée, bien empennée, battit des ailes, et puis, avec un cri lugubre, par la fenêtre s'envola.

Pour moi d'abord je crus rêver, et que c'étoit songe que tout cela, et je me frottois les yeux, ne pouvant me persuader que je ne fusse endormi. A toute force enfin, voyant qu'il étoit vrai que je ne sommeillois ni n'en avois envie, je me mis à prier Palestre qu'elle me voulût par cette drogue faire avoir forme d'oiseau et des ailes, et me laissât voler, pour voir si j'aurois en cette guise sens et entendement humain, elle, me voulant satisfaire, entre dans la chambre, m'apporte une de ces fioles; et moi de me frotter aussitôt comme j'avois vu faire à cette femme, pour devenir oiseau; mais, hélas! je devins toute autre chose; car j'eus, au lieu de plumes, à l'heure même, poil bourru par tout le corps, queue au derrière, oreilles en tête, longues sans mesure, corne dure aux pieds et aux mains. En me regardant, je vis que j'étois un âne. Et si n'avois-je plus ni voix ni paroles pour me plaindre, mais baissant la tête semblois d'un regard piteux lamenter ma déconvenue et accuser Palestre. Elle de ses deux mains se frappant le visage: Ah! malheureuse, qu'ai-je fait? J'ai pris une fiole pour l'autre, trompée par la ressemblance. Mais ne te chaille, mon amour; le remède en est aisé. Tu n'as seulement qu'à manger des feuilles de rose, pour dépouiller cette laide forme, et me rendre l'amant que j'aime. Aie patience cette nuit, et dès qu'il sera jour demain, je t'en apporterai, des roses, dont tu n'auras pas sitôt goûté, que tu seras remis en ta beauté première. Ce disant, elle me caressoit, me polissoit les oreilles, et me passoit la main sur le dos et partout.

Or avois-je corps de baudet, mais le sens et la pensée tout de même qu'auparavant, fors de ne pouvoir parler. Adonc maudissant en moi-même et l'erreur de Palestre et ma propre sottise, je m'en allai l'oreille basse à l'étable, où étoit mon

L'ANE.
17
2

cheval avec le vrai âne de la maison, lesquels, aussitôt qu'ils me virent comme ils crurent que je m'allois mettre à la mangeoire et partager leur pitance, me vouloient festoyer de ruades pour ma bienvenue; mais je connus leur malice et me retirai en un coin, là où je me déconfortois, et pensant pleurer, c'étoit braire ce que je faisois; et me disois à part moi: O fatale curiosité! que seroit-ce, si à cette heure survenoit d'emblée quelque loup ou autre bête sauvage? Las, sans avoir méfait, tu vas mourir peut-être de la mort des méchants! Ainsi raisonnant en moi-même, j'étois loin de prévoir le sort qui m'attendoit.

Sur le tard, que tout étoit muet et coi partout, à l'heure du meilleur somme, un bruit s'entend comme de gens qui, par dehors, eussent voulu percer la muraille; et de fait on la perçoit; et tantôt est l'ouverture large assez pour passer un homme; et un homme entre, et puis un autre, et puis plusieurs autres après, tant que l'étable en étoit pleine; et avoient tous des épées. De là ils s'en vont dans les chambres où, d'abord ayant lié Hipparque, mon valet et Palestre, ils se mirent à piller et vuider la maison de tout ce qui s'y trouva d'argent, vaisselle et autres biens qu'ils amassèrent dans la cour ; et n'y ayant plus rien à prendre, ils nous bâtèrent et nous sanglèrent, mon cheval et l'autre âne et moi ; et de cet amas de butin, tant que nous en pûmes porter, nous le chargèrent sur le dos, puis à grands coups de bâton, nous chassent dans la montagne par des sentiers détournés. De ce que souffrirent dans cette marche mes deux compagnons, je n'en puis que dire ; mais moi, accablé sous le faix et n'ayant de coutume d'aller ainsi déchaux sur ces cailloux pointus, je mourois, je bronchois à chaque pas ; et s'il m'arrivoit de choir, l'un me tiroit par le licol, l'autre me doloit de son bâton la croupe et les cuisses. En cette extrémité, je voulus plus d'une fois m'écrier : ô César ; mais je ne faisois que braire l'ô, et César ne pouvoit venir ; ce qui m'attiroit chaque fois nouvelle tempête de coups, parce qu'ils craignoient que mon braire ne les découvrît. Voyant donc que rien n'y servoit et que même ma plainte empiroit mon marché, je pris le parti de me taire et d'aller ainsi qu'on voudroit.

Il étoit jour, et, cheminant par monts et par vaux, nous avions déjà fait longue traite; on eut soin de nous emmuseler d'un nœud du licol, pour nous garder de perdre temps à brouter de çà et de là, au moyen de quoi nous jeûnions tous trois également pour cette heure. Mais sur le midi que nous vînmes en une métairie de gens affidés à ces ribauds, comme il paroissoit à l'accueil et bonne chère qu'ils leur firent, les embrassant, les priant de se reposer et leur servant à manger, lors on nous mit, nous autres bêtes, dans la paille jusqu'au ventre avec plein râtelier de foin et mesure comble d'avoine, dont mes compagnons se régalèrent, et moi pour lors je demeurai tout seul à jeûner; car je ne me pouvois résoudre encore à goûter de tels mets. Regardant de tous côtés si je ne trouverois point quelque chose à ma guise, j'aperçois au fond de la cour une manière de potager où étoient de beaux et bons légumes et des rosiers en fleurs, à ce qu'il me parut. Adonc sans être vu de personne, ainsi que chacun entendoit à préparer le souper, je me dérobe et entre là où je pensois, mangeant de ces roses, redevenir Lucius. Or ce n'étoient pas de vraies roses, mais bien des roses de laurier qu'on appelle Rhododaphné, triste pâture aux ânes et chevaux ; car ce leur est venin, ce dit-on, qui les fait mourir en peu d'heures. Je savois cela et je m'abstins de ces dangereuses fleurs, mais non des raves, laitues, fenouils et autres légumes dont je mangeois à grand appétit, et m'étois déjà fait bon ventre, quand le maître du jardin survint, lequel, soit qu'il m'eût aperçu, ou fût autrement averti, tenoit en main un fort bâton ; ce qu'il en fit n'est pas à demander, car de l'air d'un prévôt qui prend quelque maraudeur sur le fait, il commença à m'en donner sans regarder où il frappoit, la croupe, l'échine, la tête, battant comme sur seigle vert ; dont, à la fin, je perdis patience, et lui détachai une ruade si à propos, que je le jetai demi-mort sur ses choux, et m'enfuyois grand erre du côté de la montagne. Mais le traître, quand il me vit ainsi détaler, s'écria qu'on lâchât les chiens. C'étoient dogues de forte race, et y en avoit bon nombre pour faire la chasse aux ours. Cela me donna à penser; je retournai crainte de pis, et m'en revins tout courant à l'écurie, dont bien me prit; car ces mâtins, qu'on avoit déjà déchaînés, m'alloient étrangler sans remède. Rentrant au logis, je fus reçu à grand renfort de bastonnades et en devois être assommé, n'eût été l'explosion soudaine du mélange, comme je crois, de tous ces herbages dans mon ventre, qui, leur éclatant au nez avec grand bruit et infection de méphitique vapeur, mit en fuite tous mes ennemis.

Quand il fut heure de partir, on nous rechargea, et alors m'échurent à porter les choses les plus pesantes. Je pris patience toutefois, et ainsi allions par pays; mais n'en pouvant plus à la fin de fatigue, moulu de coups (aussi que ma corne s'usant, j'en ressentois à chaque pas douleur non pareille), je résolus de me laisser choir et ne bouger, me dût-on tuer. Car voici comme je raisonnois : Ils se lasseront de me battre, et, partageant ma charge aux autres, me laisseront là pour les loups. Mais il en avint autrement, quelque démon prenant plaisir à me tourmenter. Car ainsi que je méditois ce projet à part moi, l'autre âne, mon camarade, ayant même dessein possible, s'abat au milieu du chemin, et eux de le battre et de crier pour le faire relever; mais rien n'y sert; l'animal reste gisant comme un bloc; quoi voyant, l'un le prend par la queue, l'autre par les oreilles, et tâchoient à le remettre en pieds. Mais en fine fin, connoissant qu'ils n'y faisoient œuvre, et qu'ils perdent le temps après un malheureux âne, en grand danger d'être surpris, ils lui ôtent sa charge et nous la font porter à moi et mon cheval, puis lui coupent les jarrets avec leurs coutelas et le poussent dans un précipice, où, roulant à bonds du haut en bas des rochers, notre pauvre compagnon de voyage et d'infortune fit le saut de malemort. Quant à moi, sage à ses dépens, je me résolus de porter vaillamment ma mauvaise fortune et de marcher sans me faire prier, ayant espérance de trouver quelque part des roses qui me rendroient mon premier

L'ANE.

25

être, avec ce que j'entendois dire qu'il n'y avoit plus que peu de chemin jusqu'au manoir de ces larrons; comme de fait, allant d'un bon pas, nous y arrivâmes avant le soir, et entrâmes au logis. Là étoit une vieille assise et un grand feu allumé. Eux premièrement nous déchargèrent, puis ils serrèrent le butin que nous avions apporté, et disoient à cette vieille : Que fais-tu, que tu ne prépares tantôt à souper ? Voire, fit-elle, tout est prêt : pain frais, vin vieux, et sauvagine que je vous viens d'habiller. Ils louèrent sa diligence, et devant le feu se dépouillant, se frottèrent, s'oignirent; et d'un chaudron qui pendoit à la crémaillère, puisant de l'eau, se la jetoient sur les épaules et sur le corps en guise de bain.

Or arriva une autre troupe de jeunes gens qui apportoient foison de tous biens, riches bagues, comme on pourroit dire, vases d'or et d'argent, étoffes et brocarts de grands prix, joyaux, affiquets, vêtements, tant de femme que d'homme; et ceux-là, se joignant aux autres et ayant serré leur butin, se lavèrent pareillement, puis se mirent à table tous, et entre eux commencèrent tant et si divers propos, que c'étoit merveille de les ouïr. Moi et mon cheval cependant fûmes, par la vieille, servis de belle orge à la mangeoire dont mon camarade, pensant avoir meilleure part, s'emplissoit le ventre à grande hâte; mais je ne lui fis nul tort, car, pendant que la vieille étoit ailleurs empêchée, je mangeois à bon escient du pain de la provision.

Le lendemain, ils s'en allèrent tous à leurs besognes, nous laissant pour garde un jeune homme dont la présence me fâchoit fort; car la vieille seule ne m'eût su empêcher de me sauver. Mais lui d'un regard farouche, fort et roide jeune gars, l'épée à la main, faisoit le guet et tenoit la porte close. Trois jours après, sur la minuit, voici revenir nos larrons, sans or ni argent cette fois, ni autre butin qu'une fille en fleur d'âge et belle à merveille, qui jetoit des cris lamentables. L'ayant fait seoir sur une natte, ils la confortoient de leur mieux, la recommandoient à la vieille, avec ordre d'en prendre soin et ne la jamais quitter. Elle cependant ne vouloit ni man-

L'ANE.

ger ni boire, mais ne faisoit rien que gémir et se désespérer. Ce que voyant, moi de bonne nature, j'en pleurois à mon râtelier, et ne me pouvois quasi tenir de sangloter avec cette belle.

Or s'étoient mis les voleurs à boire et banqueter toute la nuit ; mais au point du jour, un de ceux qu'ils avoient accoutumé de laisser en aguet sur les routes leur vint dire qu'un étranger alloit passer ce matin, homme de grosse dépense, menant grand train avec soi, et qui montroit être fort riche. Ce qu'entendant, tous se lèvent, s'arment en hâte, nous équipent moi et mon cheval, et nous chassent devant eux. Moi qui savois où l'on alloit, et que nous marchions au combat, je ne voulois pour rien avancer, et fusse demeuré derrière, si le bâton ne m'eût contraint d'aller. Venus à l'endroit où devoit passer ce voyageur, on l'attend ; il vient, on l'attaque, on le tue, lui et ses gens ; et de ce qui se trouva de meilleur dans son bagage, on nous charge moi et mon cheval : le reste demeura caché dans la forêt.

Au retour, ils avoient hâte de s'éloigner

et nous touchoient à grands coups. Ainsi pressé, harcelé, je heurte du pied contre une pierre; pierre, non, mais rasoir tranchant, qui m'ouvrit le sabot jusqu'au vif, dont je souffrois et boitai bas le reste du chemin; et eux: Que faisons-nous, disoient-ils, de ce si malencontreux animal qui bronche à chaque pas, chet à tout bout de champ, et ne sert pas pour ce qu'il mange? Que ne le jetons-nous à la malheure dans quelque fondrière? Oui, jetons-le, disoit un autre, et nous débarrassons de cette maudite bête. Pendant qu'ils me faisoient de la sorte mon procès, moi qui entendois leurs discours, oubliant mon mal aussitôt, je me mis à trotter, et sembloit que jamais je n'eusse été si sain. En peu d'heures nous fûmes au logis; on serra ce que nous apportions, puis nos maîtres soupèrent, et après repartirent à nuit close pour aller quérir dans le bois le demeurant du butin. Ce malheureux âne, dit l'un d'eux, est-ce la peine de l'emmener estropié comme le voilà? Ce que nous ne pourrons sur le cheval charger de ce reste de bagage, portons-le nous-mêmes; c'est le mieux. Ainsi dit, ainsi fait. Ils vont avec le cheval éclairés par la lune, qui lors étoit en son plein. Moi, demeuré seul, je me disois : Qu'attends-tu, malheureux! qu'on régale de ta chair les loups et les corbeaux? Tu vois le sort qu'on te prépare. Veux-tu pourrir au pied de ces roches, et n'as-tu pas tantôt ouï....? La nuit te convie, la lune brille: fuis avant que reviennent tes bourreaux.

Ainsi discourant à part moi, je m'avise que je n'étois point lié : le licol avec quoi ils me menoient lorsque nous marchions étoit là pendu à un clou. L'occasion me parut trop belle ; je sors et je m'en allois partir, quand la vieille, qui me vit prêt à prendre l'essor, accourt, me saisit par la queue, et tirant à deux mains de toute sa puissance, me pensoit retenir ; mais moi, je fusse mort plutôt que de me laisser prendre et ramener par cette orde vieille, croyant qu'il y alloit de mon honneur ; tirois de ma part et l'entraînois ; et elle de crier et d'appeler à l'aide la jeune prisonnière, laquelle, venue en toute hâte, n'eut pas sitôt vu cette Dircé à la queue d'un âne, que, prenant son parti en fille de généreux courage, elle me saute sur le dos à califourchon et commence à me talonner. Moi qui n'avois que faire d'éperon, mû de peur pour ma peau et d'envie de m'évader, je cours et gagne au haut, laissant là la vieille par terre étendue de son long, qui ne cessoit de crier; et la pucelle cependant s'adressoit aux Dieux, faisant mille vœux pour son salut. Si tu me sauves, disoit-elle, et me ramènes à mes parents, ô gentil roussin, tu vivras chez nous sans rien faire et auras d'avoine par jour un boisseau comble, disoit-elle. Pour faire servir à cette belle, autant que pour me dérober au supplice qui m'attendoit, je détalois, n'ayant souvenance de mon mal; mais arrivé là où le chemin se partageoit en deux, voici fâcheuse rencontre. Les voleurs qui s'en revenoient, nous ayant vus de loin et reconnus au clair de la lune, tout à coup nous barrent le chemin: Holà! où vas-tu, jouvencelle, qu'il ne te déplaise, à cette heure? N'as-tu point de peur des esprits? viens çà, belle, viens par ici; on va te ramener tantôt à tes parents:

ce disant d'un sourire amer, ils me chassent arrière et nous font rebrousser chemin : mais lors, j'allois boitant, me soutenant à peine et semblois m'être à ce moment ressouvenu de ma blessure. Tu cloches, disoient-ils, à présent qu'il te faut retourner au logis ; et pour fuir tu avois des ailes, malicieuse bête! propos qu'accompagnoient toujours force coups, dont j'eus en peu d'heures une large plaie à la cuisse.

De retour, nous trouvâmes que la vieille s'étoit pendue au roc, pour la crainte qu'elle eut, ainsi qu'il est à croire, du courroux de ses maîtres, ayant laissé s'enfuir la pucelle avec moi. Ils louèrent son courage et sa fidélité, la détachèrent et la jetèrent la corde au col, comme elle étoit, à val des rochers, puis entendirent à manger, ayant lié la fille en un coin ; et tout en buvant parloient d'elle : Qu'en allons-nous faire ? disoit l'un, et comment la punirons-nous de cette jolie escapade ? Comment ? dit un autre, en la jetant après cette vieille. Mais non, ajouta-t-il, elle a mérité pis pour nous avoir trahis autant qu'en elle étoit ; car afin que vous le sachiez, si cette belle eût su tant faire que d'arriver chez ses parents, pas un de nous n'en échappoit; notre retraite découverte, on eût pris des mesures sûres pour nous exterminer tous. Traitons-la donc en ennemie, qui nous a voulu faire du pis qu'elle pouvoit, et lui rendons la pareille; que sa mort ne soit pas si prompte; inventons un supplice qui la fasse longtemps languir dans les tourments et lentement expirer. Puis ils cherchoient quel genre de mort seroit le plus douloureux, et un se prit à dire : Écoutez une rare et nouvelle invention, qui vous plaira , ou je me trompe fort; l'âne doit mourir, c'est la justice, étant couard et paresseux, et de plus ayant fait le malade pour avoir occasion de s'enfuir avec la donzelle, dont il est fauteur et complice; égorgeons-le demain sitôt qu'il sera jour, et, lui ouvrant le ventre, tirons-en les entrailles; puis, au creux de la bête étrippée, logeons cette demoiselle vivante, bien et dûment cousue dans la peau du baudet, la tête seulement dehors, afin qu'elle puisse respirer ; ainsi l'un dans l'autre empaquetes,

L'ANE.
27

portons-les là-haut sur quelque roche, friande pâture aux vautours. Et considérez, je vous prie, ce que ce sera pour cette tendre et délicate personne, d'habiter au corps d'un âne mort, endurer sur ce roc brûlant toute l'ardeur du soleil, la furie des insectes, la faim toujours croissante, et n'avoir moyen d'abréger de pareils tourments. Je laisse à part ce qu'elle souffrira de l'infection de cette charogne et d'une fourmilière de vers, qui, à travers les chairs de l'âne, pénétrant jusques à elle, la déchireront toute vive.

Chacun là-dessus s'écria; chose ne leur parut à tous mieux imaginée. Cependant je me lamentois et déplorois mon triste sort, pensant que j'allois mourir d'une mort si cruelle à la fleur de mes ans, et, privé de sépulture, devenir le tombeau de cette malheureuse fille.

Or étoit-il à peine jour; tout à coup entre avec fracas une troupe de gens armés, qui se saisissent des voleurs et les emmènent garrottés au gouverneur de la province. Avec eux de fortune étoit le jeune homme amoureux de cette belle fille et son fiancé qui lui-même les avoit conduits jusqu'au repaire de ces larrons, et lors ayant recouvré sa belle, la fit monter sur moi et l'emmena chez lui. Partout où nous passions, les villages entiers accouroient au-devant de nous; et bonnes gens de nous faire fête, et de nous caresser et s'éjouir avec nous de l'heureux événement que j'annonçois de loin par un braire éclatant, faisant office de trompette dans cette espèce de triomphe.

Au logis je fus traité en âne favori de ma jeune maîtresse, qui n'avoit garde d'oublier le compagnon de sa fuite et de sa captivité, avec elle jà destiné à ce barbare supplice. Par son ordre exprès on me donna foin, paille, avoine, orge de quoi saouler un chameau. Mais lors plus que jamais je maudissois Palestre de m'avoir fait âne et non chien; car je voyois mâtins à toute heure entrer à la cuisine, en emporter force reliefs de belles et bonnes viandes, et s'en remplir très bien le ventre, comme chiens savent faire étant de noces.

A quelque temps de là, sur le récit que

fit ma maîtresse à son père des obligations qu'elle m'avoit, et du zèle que j'avois montré pour son service, le père, me voulant récompenser, commanda qu'on me lâchât dans les prés où paissoient ses juments poulinières. Ainsi, selon lui, j'allois vivre en toute liesse, n'ayant souci que de paître l'herbe et saillir ces belles cavales ; et pour tout autre âne, à vrai dire, c'eût été contentement. Arrivés que nous fûmes au haras, on me mit avec les juments qui le matin alloient en pâture. Mais il eût été mal, je crois, que la chose passât ainsi sans quelque disgrâce pour moi. Au lieu de me lâcher dehors emmi les prés, selon l'ordre du maître, pour paître en liberté, le chef du haras me laissoit à sa femme Mégapole, qui m'attachoit au moulin et là me faisoit tourner tant que duroit le jour, à moudre son orge et son grain. Encore si j'eusse travaillé pour la maison seulement ! Mais elle prenoit à moudre le blé des voisins, dont elle se payoit en farine, et le tout à mes dépens, trafiquant ainsi des fatigues de mon pauvre col ; et ce qui étoit de pis, c'est que l'orge qu'on lui donnoit pour ma nourriture, elle me le faisoit bien moudre, mais non pas pour moi; car, de la farine se faisoient beaux gâteaux au four, belles fouaces, et ne m'en restoit à moi que le son pour mes repas. Que si par hasard on me menoit avec les cavales au pâtis, je me voyois de tous côtés assailli par ces étalons, qui, me croyant là venu pour m'ébattre avec leurs femelles, me poursuivoient à coups de pied, me déchiroient à belles dents, dont je pensai périr maintes fois victime de la jalousie de messieurs les chevaux.

Telle vie n'étoit pas pour me refaire; aussi devins-je en peu de temps maigre et décharné, n'ayant ni pâture aux champs ni repos à la maison; de plus, on me menoit souvent à la montagne, et j'en revenois chargé de bois : c'étoit là le comble de mes maux. D'abord il me falloit gravir au haut et au loin des pentes escarpées, des sentiers raboteux, où l'on me donnoit pour conducteur un petit scélérat d'enfant qui me faisoit enrager; car il ne cessoit de me battre, encore que j'allasse mon grand trot, et me frappoit, non d'un bâton, mais d'une massue pleine de nœuds, et toujours au même endroit, où bientôt, par l'effet des continuels horions, s'ouvrit une plaie vive, sur laquelle le traître alloit frappant toujours. Puis des charges qu'il me mettoit parfois sur le dos, il n'est éléphant qui n'en eût été assommé. Où la descente étoit la plus roide et pénible, c'étoit là qu'il redoubloit de coups. Si ma charge mal agencée venoit à pencher d'un côté, en ôter de ce côté pour l'ajouter de l'autre, et rétablir l'équilibre, c'est ce qu'eût fait tout bon ânier; mais lui, d'une grosse pierre qu'il ramassoit en chemin, faisant le contrepoids à la partie pesante, augmentoit d'autant mon fardeau; sans compter qu'au pied du coteau, nous traversions à gué une petite rivière; là où mon brave conducteur, soigneux de ménager sa chaussure, me sautoit en croupe et passoit ainsi sans se mouiller. Que si, d'aventure, je tombois accablé sous le faix, alors vraiment, alors mon sort étoit à plaindre; car de descendre pour m'aider à me relever, soit en me soutenant de la main, ou en m'allégeant au besoin d'une part de mon fardeau, le petit maraud n'avoit garde; mais, sans s'émouvoir, commençoit à me donner de son bâton sur la tête et sur les oreilles, tant que pour faire cesser cette rage, force m'étoit de me remettre de moi-même en pieds. Mais, un beau jour, il s'avisa d'une invention pour achever de me désespérer. Ayant fait un bouchon d'épines fort piquantes, bien arrangées en rond, les pointes en dehors, il me le pend sous la queue. Lors à chaque pas que je faisois, ainsi qu'on peut croire, les épines me meurtrissoient de mille piqûres, sans que je les pusse éviter, portant avec moi cette pelote hérissée d'aiguilles qui me battoit au derrière. Si je pensois m'y soustraire en ralentissant mon pas, le bâton m'atteignoit aussitôt; voulant échapper aux coups, je me déchirois moi-même. Bref, il avoit pris à tâche de me faire mourir.

Endurant ainsi chaque jour des maux infinis, une fois je perdis patience, et lui détachai un coup de pied dont il se souvint, et m'en vouloit toujours depuis, ayant ce coup de pied sur le cœur. Or avint qu'un jour on lui dit d'apporter, de quelque hameau non tant voisin de chez nous, certaines étoupes, à quoi faire il se devoit servir de moi. M'ayant donc mené sur le lieu et chargé d'un tas de ces étoupes liées sur mon dos et affermies d'une double corde étreinte avec un bâton, il me préparoit ce nouveau tour de son métier. Un tison brûlant qu'il avoit au partir dérobé de l'âtre, quand nous fûmes en voie assez loin, il le fourre dans ces étoupes, lesquelles d'abord prenant feu (et se pouvoit-il autrement?), me voilà enveloppé de flamme et de fumée, prêt à brûler, si une mare, par bonheur, ne se fût trouvé proche, où je me jetai à corps perdu, et, me roulant dans la vase, éteignis cet incendie ; après quoi je repris mon chemin, sûr de n'être pas ars, au moins pour cette fois, n'y ayant moyen de rallumer ces étoupes mouillées comme il eût bien voulu, le bourreau. Mais force lui fut d'y renoncer et de me laisser en vie. Toutefois, arrivant au logis, encore trouva-t-il manière de faire entendre que j'étois cause de tout le mal. m'étant, ce disoit-il, en passant frotté tout exprès contre un four. Ainsi échappai-je par miracle au feu des étoupes.

Mais ce petit scélérat, acharné à me persécuter, me joua bientôt un autre tour pire encore que celui-là. Me ramenant de la montagne avec du bois sur le dos tant que j'en pouvois porter, il vend ma charge à un quidam habitant de ces quartiers; et revenu à la maison sans un seul fagot, pour s'exempter des étrivières qui ne lui pouvoient faillir, il forge contre moi d'insignes calomnies : Maître, ce dit-il, à quoi bon nourrir cet âne fainéant qui ne nous rend nul service? Puis, sais-tu quelle habitude il a prise depuis peu? De si loin qu'il voit femme ou fille en fleur d'âge, belle et jolie, rien ne le sauroit tenir qu'il ne rompe son lien pour courir après, comme feroit quelque amant à la vue de sa maîtresse; et mon drôle se prend à braire et à la mordre et baiser amoureusement, et pis si l'on n'y donnoit ordre. Vrai, j'ai peur qu'un de ces jours il ne nous fasse quelque affaire, car tout le monde s'en plaint. Quand telle chaleur lui monte, il rompt et renverse tout. A cette heure encore qu'a-t-il fait? Je le ramenois du bois chargé de bourrées; il voit une femme passer au long de ces champs, et maître âne de ruer et de jeter là sa charge à travers le chemin; et si gens de là entour ne fussent tôt accourus au secours de la pauvrette, Dieu sait ce qu'il en alloit faire, la tenant déjà sous soi en devoir de besogner d'étrange façon.

Ce que le maître entendant : Vraiment, dit-il, s'il est ainsi que ce méchant âne ne veuille porter charge ni marcher, et qu'encore il courre sus à femmes et filles, tuez-le ; j'en suis content ; donnez-en les tripes aux chiens, et la chair aux ouvriers ; et si quelqu'un demande ce qu'il est devenu, nous dirons que les loups l'ont mangé. Qui fut aise alors ? Ce fut mon coquin de conducteur. Il me vouloit tuer sur-le-champ ; mais de fortune se trouvoit là un bon homme de nos voisins, qui, par un conseil mille fois pire, me sauva la vie néanmoins. Vous seriez de grands sots, dit-il, de perdre ainsi un animal qui vous peut encore être utile, et cela pour une bagatelle ; car enfin quel est son défaut? Trop de vigueur le fait courir à toute femelle; eh bien, châtrez-le, croyez-moi; dès qu'il aura perdu cette galante humeur, vous le verrez docile et doux, porter le bât, tourner la meule, et travailler à plaisir. Que si nul de vous ne s'entend à faire cette opération, j'ai affaire pour l'heure et ne puis; mais dans deux jours je reviens ici, et en un tour de main, je vous le rends doux comme un agneau.

Cet avis fut approuvé; chacun demeura d'accord qu'il n'étoit rien plus à propos. Moi je gémissois et me lamentois, pensant que j'allois d'âne encore devenir eunuque, et je ne voulois plus vivre, délibéré de mettre fin à ma triste destinée, ou par m'abstenir de manger, ou en me jetant en bas de quelque rocher, pour conserver l'homme dans l'âne, et mourir du moins tout entier. Mais le même soir à nuit close, nouvelles vinrent du village à la métairie, que le jeune seigneur et sa femme sauvée avec moi des brigands étoient morts par étrange cas. Se promenant au long du rivage de la mer une après-dînée, comme ils s'ébattoient sur la grève, le flot soulevé

L'ANE.
49
4

tout à coup les engloutit ; et ainsi étoient disparus; commune fin à tous les deux et d'infortunes et d'amours. Ce qu'entendant, nos gens qui voient la maison sans maîtres, autres que bien anciens et cassés de vieillesse, prennent leur parti de ne plus demeurer en servitude; et faisant main basse sur tout, s'en vont, qu de çà, qui de là, chacun avec ce qu'il avoit pu attraper; là où le maître du haras, mieux que nul autre, fit sa main, aidé de sa femme et de nous, de moi s'entend et des autres bêtes, sur lesquels il mit son butin. Nous partîmes ainsi emportant bagues et biens à foison, et toute nuit marchâmes par chemins de traverse âpres et malaisés; que s'il me fâchoit de la fatigue, j'étois aise aussi d'échapper à cette maudite opération; et fîmes tant par nos journées, que nous vînmes en une ville de Macédoine, grande et peuplée, qui s'appeloit Beroë. Là nos conducteurs s'arrêtèrent en résolution d'y demeurer et de nous vendre, comme ils firent un jour de foire en plein marché. Le crieur nous fit mettre en rang et nous crioit au plus offrant. Gens s'approchèrent pour nous voir et nous marchander, examinant puis l'un, puis l'autre, et de temps en temps nous levoient le pied, nous regardoient aux dents et nous tâtoient les jambes ; tant qu'à la fin tous furent vendus, hors moi dont personne ne voulut ; et déjà, le crieur me renvoyoit, disant : Celui-là n'a pu trouver marchand ; quand fortune, qui se jouoit à me faire éprouver tant d'accidents divers, m'amena un nouveau maître, non tel que j'eusse pu souhaiter : car c'étoit un de ces vagabonds, de ces quêteurs qui vont portant par les campagnes la déesse de Syrie, et la font mendier de maison en maison, homme déjà sur l'âge et le plus sale bardache de toute sa confrérie, lequel, ayant offert de moi un demi-écu, fut pris au mot, et tout sur-le-champ m'emmena, bien malgré moi qui gémissois d'avoir à servir telles gens.

Arrivés que nous fûmes où demeuroit Philèbe (car ainsi avoit-il nom), de loin il s'écria tant qu'il put : Holà ! ho ! fillettes, accourez voir votre nouveau galant ; je vous ai acheté, mesdemoiselles, un vigoureux Cappadocien qui vous va servir à

L'ANE.

souhait. Ces demoiselles, c'étoient les infâmes débauchés de la séquelle de Philèbe, qui tous sortirent à sa voix, pensant bien trouver quelque fort et roide jeune drôle avec lui. Mais quand ils ne virent qu'un âne conduit à la longe par Philèbe, ils se prirent à le brocarder : Non, non, ce n'est pas là un serviteur pour nous. Bien est-ce ton époux, mignonne, que tu nous amènes ; et où as-tu pris ce beau mari? N'en serois-tu point déjà grosse ? Bon prou te fasse : puissiez-vous avoir lignée qui vous ressemble !

Le lendemain, ils se mirent à l'ouvrage, comme ils disoient. Premièrement, ils habillèrent la déesse et me la chargèrent sur le dos ; puis nous sortîmes de la ville, et, allant par pays, arrivâmes en un bourg. Là, on m'établit porte-Dieu ; je ne bougeois, tandis que la sainte pénaille faisoit rage de danser et de souffler dans ses flûtes avec mille contorsions et grimaces épouvantables, roulant les yeux, tordant le col, la tête renversée, leurs mitres en arrière, ils se tailladoient les bras avec des épées ; se coupoient la langue avec les dents et remplissoient de sang toute la place à l'entour ; ce que voyant, j'entrai dans des peurs non pareilles, doutant qu'il ne fallût aussi du sang de baudet à la Déesse. Après s'être ainsi déchiquetés, ils commencèrent leur quête et recueillirent des assistants d'abord force menue monnoie, puis des provisions de toute espèce que ces bonnes gens leur apportoient, qui un baril de vin, qui un sac de farine, du pain, du fromage, des figues, et jusqu'à de l'orge pour l'âne. C'étoit de ces dons qu'ils vivoient et entretenoient la Déesse dont j'étois porteur.

Or, un jour, s'étant accointés, dans quelque village, d'un jeune rustre grand et fort, ils l'amènent au logis et se font par lui besogner en la manière accoutumée de tels abominables bardaches. Moi, témoin de ces infamies, je n'y pus tenir davantage, et d'indignation oubliant ce que j'étois : O Jupiter ! m'écriai-je. Cela du moins voulois-je dire ; mais mon gosier me trahit et ne produisit qu'un braire qui fut entendu de dehors, car d'aventure passoient par là quelques paysans, lesquels, ne sais comment, ayant perdu leur âne, l'alloient cherchant de tous côtés, et n'eurent pas sitôt ouï la tempête de ma voix, que, croyant avoir découvert ce dont ils étoient en quête, sans hucher, ni parler à âme, ils entrent et trouvent nos gens empêchés avec ce coquin et virent très bien ce qu'ils faisoient, non sans rire, ainsi qu'on peut croire: et sortant, s'en vont dire à qui voulut l'entendre, ce qui se passoit là dedans. Si bien qu'en peu de temps le conte en courut partout. Eux, de honte qu'ils eurent de se voir reconnus pour ce qu'ils étoient, dès la nuit suivante délogent et partent sans bruit. Chemin faisant, ils murmuroient, blasphémoient, pestoient contre moi qu'ils appeloient leur dénonciateur, m'accusant d'avoir à dessein et malicieusement révélé le mystère. Je prenois patience et me serois peu soucié de leurs malédictions; mais, venus en un endroit qui sembloit fort solitaire, ils s'arrêtent, et, m'ayant ôté la Déesse et ma housse et tout ainsi nu, m'attachent à un arbre, puis de leurs fouets garnis d'osselets, me donnent à tour de bras sur le dos et partout, m'avertissant à chaque coup d'être à l'avenir plus discret, et de tout voir sans rien dire. Davantage, ils me vouloient tuer, comme celui qui seul avoit causé le scandale, outre la perte non petite que ce leur étoit de quitter sitôt le pays ; et l'eussent fait, sans la Déesse qui fort les embarrassoit, étant là gisante à terre : et si n'y avoit nul moyen de la voiturer autrement. Par quoi force leur fut de me laisser en vie.

De là, relevant leur madone, ils se remettent en voie, et le soir nous vînmes coucher en une maison des champs appartenant à un homme riche qui pour lors s'y trouvoit, et, tenant à grand honneur d'avoir chez soi la Déesse, nous recueillit, nous logea et nous fit grand'chère. Là, il m'en souvient, je courus un péril extrême, et ce fut que le maître du logis ayant reçu naguère en présent de quelque sien ami un quartier d'âne sauvage, le cuisinier l'avoit pris et le devoit accommoder. Mais il le perdit faute de soin, l'ayant possible laissé dérober à quelque chien ; dont ce pauvre homme craignant les coups qui ne lui pouvoient faillir, et peut-être pis, résolut de se pendre haut et court, comme il alloit faire, si sa femme, à mon dam, ne l'en eût gardé. Ne veuille pour cela mourir, ce lui dit-elle, mon ami ; il y a remède à tout, si tu m'en veux croire. Prends l'âne de ces mendiants, et, le menant à l'écart, tu le tueras, l'écorcheras ; puis, coupant habilement le quartier gauche de derrière, apporte-le sous ton manteau et le prépare pour le maître en guise de ce gibier. Ce qui restera du baudet, nous le jetterons quelque part dans ces fondrières ; on croira qu'il s'est perdu et l'on n'y pensera plus. Vois-tu comme il est gras et refait et meilleur de tout point que l'autre ? Mon homme, goûte ce conseil. Oui, vraiment, femme, tu dis bien : c'est le seul moyen de me soustraire aux fouets et à la torture.

Pendant que ce bourreau et sa femme tenoient ainsi conseil entre eux, moi qui entendois leur devis, je compris d'abord où cela alloit aboutir, et vis bien qu'il ne me restoit pour échapper aux couteaux qu'un moyen, c'étoit de m'enfuir, comme je fis, rompant mon lien et détalant, après quelques ruades en l'air, du côté de la maison, où j'entrai tout courant jusqu'en la salle à manger. Là le maître du logis étoit à table avec ses hôtes, les prêtres de la Déesse. Entrant de vitesse lancé, je donne au travers des convives et renverse du choc tables et guéridons. Je croyois avoir bien imaginé cela pour me tirer d'affaire, pensant qu'on m'alloit arrêter et mettre quelque part en lieu sûr pour me garder à l'avenir de semblables vivacités, mais autrement en alla; car, me croyant enragé, ces gens s'arment contre moi de coutelas et d'épieux, et étoient en point pour me faire un mauvais parti, si je ne me fusse sauvé dans une chambre voisine où devoient coucher mes maîtres, et où je ne fus pas plus tôt, qu'on m'y enferma sous clef.

Le lendemain, au plus matin, nous partîmes les mendiants et moi qui toujours portois la Déesse, et vînmes en un autre gros bourg non moins habité que le premier, où ils s'avisèrent d'une toute nouvelle invention, qui fut de dire que la Déesse ne se pouvoit bonnement loger en maison bourgeoise ; mais qu'il la falloit mettre avec la divinité du lieu. Ces gens

L'ANE.
61

bien volontiers, ouvrant le sanctuaire qu'habitoit leur Déesse grandement honorée d'eux, y placèrent la nôtre fort révérencieusement. Pour nous, on nous donna logis en une assez pauvre maison. Étant demeurés là quelque espace de temps et voulant ensuite se rendre à la ville voisine, mes maîtres redemandèrent leur Déesse aux gens de l'endroit, qui les laissèrent entrer dans le temple, et eux-mêmes la reprendre. Après quoi nous nous mîmes en chemin. Or est à savoir que ces bons prêtres, à l'heure du départ, entrés seuls dans le temple, en avoient dérobé une coupe de fin or qui étoit là pour offrande, et l'emportoient cachée sous l'image de la Déesse, de quoi ceux du bourg s'aperçurent quand nous fûmes partis, et envoyèrent gens après nous, qui, étant à cheval bien montés, ne mirent guère à nous atteindre, arrêtèrent ces coquins de mendiants, les appelant scélérats, impies, et redemandoient le vase sacré, lequel, ayant fouillé partout, ils trouvent au giron de la Déesse ; si prennent au corps mes larrons convaincus de ce sacrilège, les emmènent liés, au bourg et les retiennent en prison, pour le procès leur être fait; et la Déesse cependant, que j'avois jusque-là portée, fut placée en un autre temple, et la coupe remise en son lieu.

Le jour suivant, il fut résolu par publique délibération qu'on me vendroit et tout ce qui avoit appartenu à ces quêteurs, et je fus vendu de fait à un homme, non du pays, mais d'un village voisin, boulanger de son métier, qui, ayant acheté le même jour au marché dix boisseaux de blé, me les met très bien sur le dos et me touche ainsi chargé vers le lieu de sa demeure. Quand nous y fûmes arrivés, d'abord on me mène au moulin, où entrant je vis nombre de bêtes, dont j'allois être camarade, et y avoit là plusieurs meules que ces bêtes faisoient tourner; partout ce n'étoit que farine. Quant à moi, comme nouveau venu qui avoit porté tout le jour charge si pesante et cheminé par la traverse, on me laissa reposer pour l'heure; mais le lendemain, dès qu'il fut jour, on me couvrit la tête d'un sac, puis on m'attache au bras de la meule. Je savois, Dieu merci, ce que c'étoit de moudre, l'ayant trop bien appris ailleurs; mais je n'en fis pas semblant dont mal me prit; car ces gens-là, me voyant faire le rétif, armés chacun d'un fort bâton, m'entourent que je n'en voyois rien, ayant la tête dans ce sac, et tous à la fois me chargent d'un merveilleux accord, ce qui me fit aussitôt partir et tourner comme un sabot; par où je connus qu'il est vrai ce que l'on dit communément, que sot est le serf qui attend, pour obéir, la main du maître.

Cependant je maigrissois à vue d'œil et devins bientôt si chétif que le boulanger résolut de se défaire de moi. Si me vend à un jardinier tenant un jardin, non guère grand, qu'il avoit pris à affier. C'étoit là toute notre besogne. Me voilà donc chaque matin portant des herbes au marché, lesquelles mon maître laissoit aux revendeurs de telles denrées, puis me ramenoit au logis, et là faisoit devoir de fouir, semer, sarcler et arroser planches et carreaux. Je demeurois tout ce temps oisif; mais je n'en étois de rien plus aise; au contraire, ma condition me sembloit pire que jamais; car il étoit hiver alors, et le pauvre homme, qui ne gagnoit pas de quoi se vêtir lui-même, n'avoit garde de me couvrir contre le froid, avec ce que j'étois toujours les pieds dans la boue, fors seulement quand il geloit, qu'à peine me pouvois-je soutenir sur le verglas et la terre dure. Pour vivre, nous n'avions tous deux que quelques méchantes feuilles de chicorée dont les plus amères me demeuroient.

Or, une fois entre les autres, nous nous en allions au jardin; passe un homme de haute taille, soldat ainsi qu'on pouvoit voir à sa soubreveste, lequel commence à nous parler dans le langage des Italiens, et demanda au jardinier où il alloit avec cet âne. A quoi lui bonnement, comme je pense, ne comprenant mot, le regardoit sans rien répondre, ce que l'autre tint à mépris, se fâche et lui donne de son fouet. Le villageois saisit mon homme, d'un croc-en-jambe le renverse, l'étend au beau milieu du chemin, et le tenant sous soi terrassé, des pieds et des poings le meurtrissoit, et d'une grosse pierre qu'il trouva. Le soldat, du commencement, se défendoit, quoique abattu, et le menaçoit de son épée, par où l'autre, averti de ce qu'il devoit craindre, lui tire l'épée du fourreau et la jette au loin, puis recommençoit à le battre. Le soldat, se voyant en ce point, use de finesse, fait le mort. L'autre prit peur, quand il le vit ainsi sans mouvement, et, tout effrayé, le laisse là, monte sur moi, pique à la ville, emportant avec soi l'épée. A la ville venu, il avoit un compère, lequel se chargea du jardin; et lui, de crainte des poursuites, se retire avec moi chez un autre sien compagnon et ami. Le lendemain, ayant délibéré entre eux, ce qu'ils trouvèrent de plus expédient pour mon maître, ce fut de le cacher dans un bahut. Quant à moi, on me lie les pieds, et, à l'aide d'un bâton passé entre mes jambes, ils me portent à deux en une chambre haute, où l'on me tint enfermé.

Le soldat cependant, sur la route, ainsi que j'entendis depuis, s'étant relevé à toute peine et acheminé vers la ville, moulu de coups et mal en point, fut rencontré de ses camarades, auxquels il raconte tout au long ce qui lui étoit avenu, et l'action désespérée de ce maraud de jardinier. Eux aussitôt prennent son parti, et ayant, je ne sais comment, découvert où nous étions, y viennent accompagnés des magistrats du lieu et de leurs familiers, un desquels, entré, fait sortir tout le monde de la maison; tout le monde dehors, le jardinier ne paroissoit point. Soldats de crier qu'il est dedans, et gens de répondre que non et d'affirmer avec serment n'y avoir céans homme ni bête, âne ni mulet que ce fût. Grand débat là-dessus, grands cris de part et d'autre, grande rumeur dans tout le quartier. Moi qui de mon grenier entendois ce vacarme, toujours sot, et toujours curieux mal à propos, j'avance la tête un bien petit hors de la fenêtre pour regarder en bas et voir ce que c'étoit. Mais je ne sus si bien faire, qu'ils n'aperçussent mes oreilles, et, me voyant, tous s'écrièrent, et par ainsi ceux du logis furent convaincus de mensonge. On entre alors, on fouille partout; mon maître fut trouvé par les gens de justice, tapi dans son bahut. Ils le pren-

L'ANE.
69

nent, l'emmènent, le mettent en prison, pour son procès lui être fait, et moi, me dévalant tout ainsi qu'on m'avoit guindé, ils me donnent au soldat pour dédommagement. S'il en fût ri et brocardé, de mon apparition là-haut et de la manière dont j'avois aidé à découvrir mon maître, il n'est jà besoin de le dire; on en fit le dicton qui court: guigne baudet à la fenêtre.

Ce que devint après cela le pauvre jardinier, je ne sais. Mais le soldat qu'il avoit battu me vendit dès le lendemain et eut de moi cinq beaux écus. Celui qui m'acheta étoit le serviteur d'un homme merveilleusement riche et puissant, faisant sa demeure ordinaire à Thessalonique, ville principale de Macédoine, et voici quel étoit l'office de ce serviteur. Il préparoit les mets particuliers du maître, et il avoit un frère dans la même maison, esclave comme lui, excellent pâtissier, et de plus panetier, qui faisoit le pain pour leur seigneur. Ces deux vivoient, logeoient ensemble, ainsi que bons frères, toute besogne faisoient en commun, tout profit partageoient entre eux. Ils m'installent en leur logis. Or, par le devoir de leur charge, ils assistoient aux repas du maître, et, retournant, en rapportoient force reliefs de toute façon, l'un de chair et de poisson, l'autre de tartes et de gâteaux, et laissant le tout à ma garde, s'en alloient au bain. Moi qui de si longtemps n'avois goûté pain ni viande, je quittois volontiers mon avoine pour faire honneur aux mets préparés par mes maîtres. Ils furent un temps qu'ils ne s'en donnèrent de garde rentrant au logis, et ne s'avisoient qu'il manquât chose de leur provision à cause qu'il n'y paroissoit guère sur la quantité, joint que j'usois de discrétion au commencement, et prenois de tout un peu; mais bientôt j'y fis moins de façon, m'assurant sur leur peu de soin; je choisissois le plus beau et le meilleur, dont je me bourrois à bon escient, comme s'il n'eût rien coûté, ce qui fit qu'ils s'en aperçurent et entrèrent en soupçon l'un de l'autre, tant qu'ils en vinrent aux injures, s'appelant fripon, voleur, larron des communs profits, et de là en avant, tenoient compte de tout par le menu fort exactement.

L'ANE.
73

Faisant si bonne chère et vivant à mon aise, j'engraissois et revins bientôt en meilleur point que jamais j'eusse été, rond, poli, le poil luisant; c'étoit plaisir de me voir; dont les deux frères s'étonnèrent, ne pouvant comprendre comment je me portois si bien, quand toute mon avoine restoit dans la mangeoire, sans que jamais j'y touchasse. Ils se doutent du fait, et, pour s'en éclaircir, un beau jour, font semblant de s'en aller au bain; mais ils demeurèrent derrière la porte en aguet, d'où par quelque ouverture ils virent toute ma façon de faire; car, n'ayant nul soupçon de l'embûche, dès que je les sentis dehors, je commençai mon repas. Eux d'abord se prennent à rire, voyant l'étrange parasite qui vivoit à leurs dépens; puis appellent à ce spectacle leurs camarades; on accourt, et gens de rire et d'éclater, mais si haut et si fort le long des galeries, que le bruit en vint jusqu'au maître, qui voulut savoir ce que c'étoit; et comme on lui eut dit la chose, il se lève de table, vient et, entr'ouvrant quelque peu l'huis, me voit que j'entamois un morceau de sanglier. Ce fut à lui de rire pour lors. Il entre où j'étois, et croyez qu'il me déplaisoit d'être ainsi surpris par le maître en flagrant délit de gourmandise et de friponnerie, bien qu'il ne s'en fît que gaudir et se tenir les côtés, le bon seigneur. Il voulut que tout sur-le-champ on me conduisît en la salle, où me fut servi sur table de beaucoup et diverses choses que baudets n'ont coutume de manger, telles que potages, viandes, poissons, et ragoûts à toutes sauces. Moi qui voyois que fortune me commençoit à sourire, ayant quelque espérance aussi que ce qui d'abord n'étoit que jeu me pourroit devenir occasion de sortir de cette misère, encore que je vinsse de me bourrer, je me remis à manger comme si j'eusse été à jeûn, au grand plaisir des spectateurs, dont les éclats de rire et les applaudissements remplissoient toute la salle. Quelqu'un même s'avisa de dire : Que ne lui verse-t-on du vin ? Ce qui fut aussitôt fait par commandement du maître, et j'en avalai un bon trait sans me faire prier.

Le maître donc, voyant en moi un animal rare et curieux, fit payer par son trésorier à celui qui m'avoit acheté, deux fois ce que je lui coûtois, et me donna pour gouverneur un jeune homme sien affranchi, lequel eut charge de m'instruire et me montrer mille gentillesses pour divertir sa seigneurie, à quoi il n'eut pas grand'-peine; car, au moindre mot, je faisois tout ce qu'on vouloit. Il m'apprit à me tenir à table en grave personnage, modestement couché, appuyé sur le coude, à lutter bras à bras et danser avec lui, à faire signe de oui et de non, toutes choses pour lesquelles je n'avois pas besoin de leçons. Cela fit du bruit dans le pays; on ne parloit que de mes talents et de l'âne de monseigneur, qui mangeoit à table, dansoit, et faisoit cent choses surprenantes. Mais ce qui plus les étonnoit, c'est que je répondois par signe et toujours juste à leurs propos; ayant soif, je demandois à boire, en clignant de l'œil à l'échanson; dont chacun demeuroit ébahi et faisoit de grandes exclamations, ne se doutant pas qu'il y avoit un homme caché dans cet âne; et moi je triomphois, et me riois en moi-même de l'erreur de ces gens. On m'apprit aussi les allures pour le maître, quand il me chevauchoit en voyage ou à la promenade. Il n'étoit mulet au pays qui allât l'amble mieux que moi. J'avois un fort bel équipage et portois monseigneur en magnifique arroi ; housse de pourpre brodée d'or, mors d'argent à bossettes d'or, têtière garnie de plaques d'or et de grelots, et de sonnettes qui sonnoient fort plaisamment.

Ce bon Meneclès, notre maître, n'habitoit pas, comme j'ai dit, d'ordinaire aux champs, mais s'y trouvoit alors pour une telle occasion. Il avoit promis à sa ville un spectacle de gladiateurs, et ces gladiateurs étant prêts, et le temps venu pour les montrer, il lui falloit s'en retourner à Thessalonique. Nous partîmes donc un matin. Le maître me montoit quand il se rencontroit quelque pas difficile ou dangereux aux voitures. Or, à notre entrée dans la ville, il n'y eut nul si empêché qui n'accourût pour me voir ; car ma renommée me précédoit, et chacun avoit ouï parler des prodiges de mon adresse et de mon intelligence. Mon maître d'abord me fit voir privément aux personnes de distinction qu'il invitoit exprès à des repas magnifiques, et dans ces grands jours de gala, j'étois la pièce principale dont il festoyoit ses amis. Mais mon gouverneur me montroit à tout venant pour de l'argent, dont il acquit en peu de temps bonne somme de deniers. Il me tenoit en une salle basse, n'ouvrant qu'à ceux qui lui donnoient certain prix pour me voir et être spectateurs de mes faits surprenants. Il n'en venoit guère qui ne m'apportassent à manger de choses et autres, et surtout de ce qui sembloit le moins convenir à un âne. Mangeant donc quasi tout le jour, et soupant chaque soir à table avec la meilleure compagnie, je ne pouvois manquer d'engraisser comme je fis, et pris bientôt un embonpoint merveilleux, dont avint qu'une dame étrangère fort riche, de figure agréable, pour m'avoir une fois vu dîner, me trouvant le plus bel âne du monde, s'éprit pour moi de tel amour (touchée aussi, comme je crois, de ma gloire et de mes talents), qu'elle en perdoit le repos, et, délibérée à tout prix de satisfaire sa passion, vient parler à mon gouverneur, lui offrant tout ce qu'il voudroit moyennant qu'elle pût passer avec moi une nuit ; lui, sans autrement se soucier de ce qu'elle pourroit faire de moi, demande tant ; marché fut fait, et le soir même, revenant de souper avec le maître, nous la trouvâmes qui m'attendoit. On avoit apporté pour elle force matelas et coussins mols et parfumés, des couvertures et des tapis, dont on nous fit un lit à terre; après quoi, tous ses gens sortirent et se couchèrent comme ils purent devant la porte de la chambre.

Elle, restée seule avec moi, d'abord allume une grande lampe dont la lueur éclairoit partout. Puis, debout près de cette lampe, s'étant dépouillée toute nue, elle prit de l'essence d'une certaine fiole, en versa sur soi, s'en oignit, et à moi aussi me parfuma le corps et le museau surtout d'une soëve odeur; puis me baisa et me caressoit avec pareil langage et toute telle façon comme si j'eusse été son amant. Enfin, me prenant par ma longe, elle m'entraîne sur le lit. Je n'avois nulle envie de me faire prier, la voyant belle de tout point, avec ce que la bonne chère et

L'ANE.

le vin vieux que je venois de boire me rendoient assez disposé à la satisfaire; mais je ne savois comment m'y prendre, n'ayant touché femelle depuis ma métamorphose. Une chose encore me troubloit; j'avois peur de la blesser, voire même de la tuer, qui eût été pour moi une fâcheuse affaire. Il ne me sembloit pas que fait comme j'étois, femme si gente et délicate me pût recevoir sans en mourir. Mais l'expérience me fit voir que je m'abusois, car, emportée par ses désirs, elle s'étendit sous moi, et de ses bras me tirant à soi et se soulevant du corps, me mit dedans tout entier. Moi pauvre, je craignois encore et me retirois bellement pour la ménager. Mais elle, tant plus je reculois, tant plus me serroit et s'enferroit de tout ce que je lui dérobois. A la fin donc pour lui complaire (aussi que je pensois valoir bien, tout âne que j'étois, l'amant de Pasiphaé), la voulant servir à gré, je fus ébahi que je me trouvai petitement outillé pour la damoiselle, et connus que j'avois eu tort d'y faire tant de façon. J'eus assez affaire toute la nuit à la contenter, tant elle étoit amoureuse et infatigable au déduit. Sitôt qu'il fit jour, elle se leva et partit, étant convenue du même prix pour les autres nuits.

Mon gouverneur par tel moyen s'enrichissoit, et un jour, ainsi que j'étois enfermé avec cette femme, voulant faire sa cour au maître, il lui va dire qu'il avoit quelque chose à lui montrer, un tour de plaisant exercice qu'il m'avoit appris, disoit-il; il lui conte ce que c'étoit et l'amène sans bruit à la porte, d'où, par une fente, il nous vit, moi et ma belle, couchés ensemble. Cela lui parut singulier. Si pensa d'en tirer parti pour les jeux qu'il devoit donner, croyant faire chose agréable à tous ses concitoyens, s'il les régaloit de ce spectacle. Dans ce dessein, il recommande le secret à ses gens, leur fait expresses défenses d'en parler à qui que ce fût; afin que nous puissions, dit-il, au jour de la fête, le produire sur le théâtre avec quelque femme condamnée, et qu'il la caresse aux yeux de toute l'assemblée qui en verra l'ébattement. Peu après, on m'amène une femme condamnée aux bêtes, à laquelle on dit de me parler et de me toucher, pour d'abord nous accoutumer l'un à l'autre; et finalement venu le jour des magnifi ences de mon maître, ils délibérèrent et conclurent de me faire paroître au théâtre en cette façon.

Il y avoit un fort grand lit d'écaille de tortue de l'Inde, tout incrusté d'or, sur lequel on me fit monter et me coucher la femme avec moi; et puis on nous plaça, âne, femme, lit et tout, sur une machine qui, à force d'engins et de poulies, en moins de rien nous transporta au beau milieu de l'assemblée. Ce ne fut qu'un cri, quand je parus, de tous les endroits du théâtre, et des applaudissements sans fin. Un couvert somptueux étoit dressé près de nous où bientôt nous fûmes servis de tout ce dont gens délicats ont accoutumé de dîner; valets de tous côtés, écuyers pour trancher, beaux jeunes échansons pour nous verser à boire dans des coupes de fin or. D'abord mon gouverneur, qui étoit là présent, me commanda de manger. Mais moi, je n'en voulus rien faire, de honte que j'avois de tant de monde et d'être à table en plein théâtre, aussi que j'appréhendois fort qu'il ne saillît de quelque part un ours, un tigre ou autre bête. Comme j'étois en cette peine, quelqu'un passe, portant des couronnes et guirlandes de toutes sortes de fleurs, et des roses fraîches parmi, ce que je ne vis pas plus tôt, que je me jette à bas du lit. On crut que j'allois danser ; mais, m'approchant de ces fleurs, je commence à choisir entre toutes et trier une à une les roses les plus belles et en broutois les feuilles à mesure, lorsqu'aux yeux des assistants qui me regardoient étonnés, ma forme extérieure d'animal se va perdant peu à peu, et enfin disparoît du tout ; si bien qu'il n'y avoit plus d'âne, mais à sa place Lucius nu comme quand il vint au monde.

Dire le bruit qui se fit lors, et combien ce changement surprit toute l'assemblée. ne seroit pas chose facile. On s'émeut, chacun parle ainsi qu'il l'entendoit. Les uns me vouloient brûler vif tout sur-le-champ comme sorcier, monstre de qui l'apparition pronostiquoit quelque malheur ; d'autres étoient d'avis de m'interroger d'abord pour voir ce que je pourrois dire, et décider après cela ce qu'il faudroit faire de moi. Cependant je m'avance vers le préfet de la province, qui, d'aventure, étoit venu voir l'ébattement des jeux, et lui conte d'en bas, au mieux qu'il me fut possible, comme une femme de Thessalie, en me frottant de quelque drogue, m'avoit fait âne devenir, le suppliant de me vouloir garder en prison, tant que par enquête il eût pu savoir la vérité du fait; et le préfet : Dis-nous un peu ton nom, tes parents, ton pays; il n'est pas que tu n'aies quelque part des amis qu'on puisse connoître? Je lui répondis et lui dis : Mon nom à moi est Lucius, et celui de mon frère Caïus, et avons commun le surnom, tous deux auteurs connus par différents ouvrages. J'ai écrit des histoires ; il a composé, lui, des vers élégiaques, étant avec cela bon devin et sommes de Patras d'Achaïe. Ce qu'entendant, le magistrat : Vraiment, dit-il, tu es né de gens qui, de tout temps, me furent amis et mes bons hôtes, qui, plus est, m'ayant reçu et festoyé chez eux en toute courtoisie, et suis témoin que tu dis vrai, te connoissant bien pour leur fils. Cela dit, il se lève, m'embrasse et me mène en son logis, me faisant caresses infinies, et cependant arrive mon frère, qui m'apportoit hardes, argent et tout ce dont javois besoin. Le préfet, en pleine assemblée, me déclara franc et libre. J'allai avec mon frère au port, où nous louâmes un bâtiment, et fîmes nos provisions pour retourner au pays.

Mais, avant de partir, je voulus visiter cette dame qui m'avoit tant aimé lorsque j'étois âne, dans la pensée qu'homme elle m'aimeroit davantage encore. J'allai donc chez elle qui fut aise de me voir, prenant plaisir, comme je crois, à la bizarrerie de l'aventure. Elle me convie à souper avec elle et passer la nuit, à quoi volontiers je consentis, ne voulant pas faire le fier ni méconnoître mes amis du temps que j'étois pauvre bête. Je soupe le soir, parfumé, couronné de cette chère fleur qui, après Dieu, m'avoit fait homme, et ainsi faisions chère lie. Le repas fini, quand il fut heure de dormir, je me lève, me déshabille et me présente à elle triomphant, comme

L'ANE.

certain de lui plaire plus que jamais ainsi fait. Mais quand elle me vit tout homme de la tête aux pieds, et que je n'avois plus rien de l'âne : Va-t'en, me dit-elle, va, crachant sur moi dépitée; sors de ma maison, misérable, que je ne t'en fasse chasser. Va coucher où tu voudras. Et moi, tout étonné, demandant ce que j'avois fait : Non, tu ne fus jamais, dit-elle, l'ânon que j'aimois d'amour, avec qui j'ai passé tant de si douces nuits ; ou si c'est toi, que n'en as-tu gardé telles enseignes à quoi je te pusse connoître ! C'étoit bien la peine de changer pour te réduire en ce point, et le beau profit pour moi d'avoir un pareil magot au lieu de ce tant plaisant et caressant animal. Cela dit, elle appelle ses gens qui m'emportent l'un par les pieds, l'autre par les épaules, et me laissent au milieu de la rue, tout nu, tout parfumé, fleuri, en galant, qui ne m'attendois guère à coucher cette nuit sur la dure. L'aube commençant à poindre, nu, je m'en cours au vaisseau, où je trouvai mon frère, et le fis rire du récit de mon aventure. Nous mîmes à la voile par un vent favorable, et en peu de jours vînmes au pays sans nulle fâcheuse rencontre. Je sacrifiai aux dieux sauveurs et fis les offrandes d'usage pour mon heureux retour, étant à grand'peine recous, non de la gueule du loup, comme on dit, mais de la peau de l'âne où m'avoit emprisonné ma sotte curiosité.

NOTICE LITTÉRAIRE

Avant de servir à Lucius pour sa métamorphose, et depuis lors, il est arrivé à l'âne tant d'aventures, qu'il serait trop long de les raconter *in extenso*. Quelques-unes pourtant ont de l'intérêt et méritent un coup d'œil; c'est a celles-là que nous bornerons notre revue.

Sans remonter jusqu'à la création, ni même au déluge, on peut suivre sa destinée à travers les âges et voir quelles en furent les vicissitudes; car, ainsi que tous les héros célèbres, il a sa légende, ses jours de gloire et ses heures d'infortune, ses rayons et ses ombres, quelques hauts et beaucoup de bas.

En Orient, il jouissait presque partout d'une grande estime; mais le pays où il semble le mieux chez lui et où il s'identifie, pour ainsi dire, avec le génie du paysage et de la contrée, est sans contredit la Judée. A ce sol inégal, raboteux et sec, il fallait un animal trapu, nerveux, sobre, et dont la corne pût battre, sans s'user trop vite, les sentiers pierreux qui serpentent au flanc des collines. On dirait même qu'il y a de lui aux habitants comme une sympathie et des rapports secrets que la civilisation masquera plus tard. Aussi les Juifs conservaient-ils avec respect son effigie au sanctuaire le plus vénéré de leur temple, lui sacrifiant chaque année un belier, pour insulter à Ammon, le dieu de leurs ennemis. C'était, si nous en croyons Tacite, en souvenir d'un service rendu. En effet, lors du passage dans le désert, à la sortie d'Égypte, un troupeau d'ânes sauvages avait indiqué à Moïse la source d'eau qui désaltéra les Israélites.

A peu près vers ce temps se place l'histoire de Balaam, sorte de devin à gages qui, sollicité par Balac, roi de Moab et ennemi des Juifs, de maudire ce peuple, finit par y consentir. S'étant levé le matin, il sella son ânesse et se mit en route. Mais le long du chemin un ange du Seigneur arrêta par trois fois sa monture, sans se montrer à lui. Balaam, irrité, frappa rudement la pauvre bête qui lui dit : « Que vous ai-je fait, et pourquoi me frappez-vous ainsi? Voilà que vous m'avez frappée déjà trois fois. — Si je t'ai frappée, répond le devin, c'est que tu l'as mérité et tes caprices ont assez fatigué ma patience. Que n'ai-je un glaive pour te le passer au travers du corps! » En ce moment Dieu lui ouvrit les yeux; il vit l'ange et se prosterna pour l'adorer; puis, ayant reçu de lui permission de continuer sa route, il alla dire à Balac ce que le Seigneur lui commandait.

Un des articles du *Décalogue* défend de convoiter la femme ou la servante, le bœuf ou l'âne de son voisin, car les descendants d'Abraham mesuraient leurs richesses d'après le nombre d'ânes que comptait leur troupeau. Job en avait cinq cents avant ses disgrâces; il en eut mille dès qu'il eut recouvré son ancienne splendeur. Jacob offrit vingt ânesses et dix ânes à son frère Ésaü, pour apaiser sa colère. La fille de ce dernier, Anna, ayant laissé se confondre les cavales et les ânes de son père, il en naquit les premiers mulets. On sait avec quelle mâchoire Samson assomma mille Philistins.

Lorsque la prophétesse Débora eut triomphé des Chananéens, elle célébra sa victoire par un chant de guerre, montée sur une ânesse d'une beauté singulière, qu'elle appelait Zéchorah. Saül courait, dit-on, après les ânesses de son père, égarées dans la campagne, lorsque Samuel alla le prendre pour régner sur Israël, et, depuis, la charge d'intendant de l'*Athonoth* (haras d'ânes) devint l'un des plus illustres emplois de la cour des rois juifs. Au reste, c'était la monture ordinaire des personnages de condition. Jaïr de Galaad avait trente fils qui montaient autant d'ânes et commandaient dans trente villes. Quand les mages d'Orient viennent adorer le Sauveur avec un âne chargé de présents, ils trouvent l'enfant couché dans la crèche entre le bœuf et l'âne, qui le réchauffaient de leur haleine. Enfin Jésus lui-même, en faisant plus tard son entrée triomphale à Jérusalem, montera une ânesse blanche suivie de son ânon.

Chez les Grecs, les honneurs furent moindres, bien que songer d'âne signifiât bonheur et que l'on estimât à très haut prix les roussins d'Arcadie. On prétend que les Dieux, dans leur lutte contre les Géants, n'avaient pas d'autre monture. Homère, pour exalter le courage et le sang-froid d'Ajax, ne trouve rien de mieux que de le comparer à un âne qui ravage un champ de blé vert et qui, assailli de cailloux par les gamins du village, tient bon et ne se retire qu'après s'être largement repu.

A Nauplia, on lui avait élevé une statue pour le récompenser d'avoir appris aux hommes à tailler la vigne, en broutant lui-même l'exubérance des rameaux.

Aux triomphes de Bacchus, Silène ouvrait la

marche, monté sur son grison, qui n'était pas à coup sûr la pièce la moins curieuse de la cérémonie. Les prêtres païens promenaient leurs idoles sur le dos d'un âne dans tous les carrefours des villes. Athénée, décrivant une mascarade de carnaval, la termine par ce trait : « Enfin il y avait un âne, sur le dos duquel on avait collé des plumes, et que suivait un vieillard tout cassé : c'étaient Pégase et Bellérophon, *et tous deux formaient* le groupe le plus risible. »

Un jour, Démosthène, voyant que, malgré son éloquence, il ne parvenait pas à fixer l'attention distraite des Athéniens, eut recours à l'ingénieux apologue que voici :

Un citoyen d'Athènes, se mit-il à raconter, loua un âne à un bourgeois de Mégare pour faire une promenade. C'était en plein été ; le soleil était ardent. Pour se garantir du chaud, le Mégarien se mit à l'ombre de l'âne et de l'homme. Quand vint le moment de payer, l'Athénien, sous prétexte que le loueur avait profité de l'ombre de sa monture, offrit la moitié du prix convenu. Irrité, le maître de l'âne en appela à Minerve. — Et que fit la déesse ? cria l'assemblée tout d'une voix.

> Ce qu'elle fit ! Un prompt courroux
> L'anima d'abord contre vous.
> Quoi ! de contes d'enfants son peuple s'embarrasse !

Chacun sait le reste.

En Égypte, la médaille a son revers. Ce même

animal, que nous venons de voir si estimé des Juifs et des Grecs, figurait, on ne sait pourquoi, Typhon, le dieu du mal, et était exécré au point que les habitants de Busiris, d'Abydos et de Lycopolis ne pouvaient souffrir le son de la trompette, sous prétexte qu'elle ressemble à son cri. Un roi de Perse, Ochus, auquel l'Égypte obéissait, ayant appris qu'on l'y avait traité d'âne, se vengea de l'injure en immolant le bœuf Apis et en forçant les Égyptiens à adorer à sa place celui dont ils lui avaient donné le nom. Mal lui en prit. L'eunuque Bagoas, indigné de l'outrage fait à un dieu de sa nation, tua Ochus et donna son corps à manger aux chats, afin qu'une bête consacrée à Isis réparât l'injure faite à cette déesse.

Heureusement les choses changèrent de face avec la domination arabe; l'âne reprit dans la vie et dans l'opinion des Égyptiens l'honnête place que lui assurent ses qualités. Nous sommes habitués, de par notre imagination qui grossit volontiers et ennoblit ce qui est loin de nous, à nous figurer constamment l'*Arabe et son coursier*, l'un emportant l'autre d'une course effrénée à travers les sables. Il n'en va pas toujours ainsi; le plus souvent il trottine doucement le long du Nil ou dans les rues du Caire à califourchon sur son bidet, pour lequel il a une affection véritable, ainsi que l'atteste la chanson que l'un de nos amis, M. Gustave Dugat,

NOTICE.

professeur à l'École des langues orientales vivantes, a bien voulu traduire de l'anthologie arabe à notre intention. C'est la complainte d'Aboul-el-Djazzar (le boucher) qui, ayant perdu son âne, est forcé d'aller à pied.

Les voyages, tous les jours,
Ne produisent pas recette.
Un âne se vend toujours;
Mais les vers, qui les achète?

Sac au dos, je vais à pied.
Hélas! j'ai perdu mon âne;
Près des boutiques je flâne,
On me croirait épicier.

Je n'oublirai de ma vie
Son élan. On l'enviait,
Lorsque le vent en furie,
Pour l'égaler, s'essoufflait.

Vous l'auriez pris dans l'espace
Pour un djin ailé qui fuit;
Mais tous les djins pris en masse
Ne volent pas comme lui.

Dans les embarras de la foule,
Docile il se repliait,
Comme à tes deux mains s'enroule
Un flexible bracelet.

Descendait-il dans la plaine,
Il était comme un torrent
Qui bondit, que tout entraine
Dans son rapide courant.

Il n'avait en conscience
Nul défaut, si ce n'était
Qu'avec tant d'intelligence
Du nom d'âne on l'appelait.

De fleurs toujours plus jolies,
Sur les collines cueillies,
On le voyait en tout temps
Paré comme le printemps.

Il broncha ; chute mortelle
Lui fut cet achoppement.
Mais quoi ! la mort se peut-elle
Appeler un bronchement ?

Loin de lui la gent canine
Avec respect se tenait,
Quoiqu'il portât sur l'échine
Tout ce qu'elle convoitait.

Ces chiens avaient pour son maître
Une vieille amitié, car
Ils savaient tous reconnaître
En lui le boucher Djazzar[1].

Je pourrais citer encore une jolie légende mise en vers par un autre poète de l'Orient, le Persan Sadi. Il y s'agit d'une pétition adressée par l'âne à Jupiter pour obtenir que l'on mette fin aux tourments que les hommes lui font endurer. Jupin renvoie sa décision au jour où ces

1. Les poètes arabes ont l'habitude d'introduire quelquefois leur nom à la fin de leurs vers ; c'est une façon de signer la pièce.

animaux seront parvenus à faire, avec leurs eaux, un fleuve navigable. On s'explique dès lors leur grimace chaque fois qu'ils passent à un endroit arrosé par un de leurs collègues. Mais ce sujet a été traité, sur un mode un peu différent, plus grossier, il est vrai, par un poète languedocien, l'abbé Favre dans son burlesque *Siège de Caderousse.* Comme il est presque voisin de nous, donnons-lui la préférence et, au lieu des vers patois que peu de gens comprendraient, traduisons-le aussi exactement que possible :

« L'âne du bon papa Silène, un jour, contre la race humaine, alla porter sa plainte au ciel. Jupiter, qui le trouva beau, lui dit : « Ah ! ah ! qui t'amène ? — Vous voyez le sujet de ma peine, répondit le vieux grison; ce sont les vilains coups de bâton dont l'homme, qui toujours frappe, régale en bas mon pauvre dos. Il serait temps de le faire finir. Voilà le but de ma visite.

« Le dieu qui lance le tonnerre lui dit : Retourne sur la terre et tu diras à tous les mal bâtis : « Voici votre sort, idiots. Tant que puera votre urine, vous aurez des coups sur l'échine. Du jour où elle sentira le musc, je vous jure que vous n'en aurez plus. »

« Tout réjoui en conséquence d'une sentence si incomparable, le baudet rua, trompeta et, fou de joie, sauta du ciel dans la Gascogne. Là, il conta aux étalons l'arrêt sur les coups de bâton. Les ânesses, qui sont des femelles, n'en cachèrent pas la nouvelle et tout âne le sut, tant loin cela se répandit. Tous, depuis ce moment, que ce soit dedans ou dehors, dès qu'ils trouvent de leur pissat, veulent savoir ce qu'il sent. Mais de voir qu'il empeste toujours davantage, ils lèvent la tête vers Jupiter et disent en lui montrant les dents : « Ah ! grand Dieu ! qu'il y en a pour longtemps ! »

Puisque je tiens la note comique, laissez-moi rappeler une anecdote souvent citée à propos de l'expédition d'Égypte. On sait que l'armée avait avec elle une troupe de savants pour recueillir les anciennes inscriptions, déchiffrer les hiéroglyphes, etc. Lorsqu'on annonçait l'approche de l'ennemi, les troupes formaient le carré, et Friant, de sa voix la plus goguenarde, ne manquait jamais de crier : *Allons, en avant, les ânes au centre!* désignant ainsi les savants qui avaient en effet des ânes pour monture.

On ferait un volume rien qu'avec les âneries plus ou moins plaisantes qui courent les recueils, à la portée de toutes les intelligences. En général, ce sont là des mots appris ou ramassés dans les carrefours ; il est facile de s'y donner les honneurs de l'esprit à peu de frais. N'en usons qu'avec sobriété.

Un Normand, fraîchement débarqué dans la capitale, passe devant le palais de Justice et demande à un procureur : « Qu'est-ce donc que ce bâtiment-là ! — C'est un moulin. — Ah ! je ne n'étonne plus de voir tant d'ânes à la porte avec leurs sacs ! »

Un autre, apercevant dans un magasin un individu seul à son comptoir et rien de pendu aux murs, entre et demande : « Qu'est-ce qu'on vend ici ? — Des têtes d'âne, animal. — Diantre ! il faut que vous ayez un fier débit, puisqu'il ne reste plus que la vôtre. »

Piron est celui qui a trouvé les mots les plus réjouissants. Il était de Dijon et, en cette qualité, aimait à plaisanter sur les ânes de Beaune. Cette dernière ville passait pour la Béotie de la Bourgogne ; toute balourdise se mettait sur le compte des Beaunois ; c'était de règle. Un soir que Piron était à leur théâtre où l'on jouait *les Fourberies de Scapin*, comme on riait trop, une voix du parterre cria : « Paix donc, messieurs ! on n'entend pas! — Ce n'est pas faute d'oreilles », riposta Piron, et sur le soulèvement qu'excita son insolence, il dut sortir de la salle au plus tôt. Un autre jour, aux environs de Beaune, il s'amusait à abattre des chardons à coups de canne : « Que faites-vous là ? lui demanda un passant. — Ne le voyez-vous pas ? Je leur coupe les vivres. »

Henri IV, à son entrée dans je ne sais plus quelle ville, fut harangué suivant l'usage. Mais à peine l'orateur de la localité eut-il entamé son exorde qu'un âne se mit à braire : « Ventre saint-gris! s'écria le Béarnais, n'embrouillons rien. Que chacun parle à son tour. »

De bonne heure, on songea à tirer parti de la voix retentissante que la nature a donnée à l'âne, pour qu'il puisse, à l'état sauvage, prévenir, à travers les solitudes, ses compagnons du danger et réunir les membres dispersés de la troupe. En Perse et en Caramanie, si nous en croyons Strabon, après l'avoir employé aux convois militaires, on le laissait dans le camp où il remplissait l'air de ses clameurs, et l'ennemi ne s'apercevait pas du départ de l'armée.

Les Romains en faisaient grand cas et payaient des sommes énormes pour avoir les races les plus belles. D'après Varron, le sénateur Axius en aurait acheté un 400,000 sesterces, c'est-à-dire 80,000 francs. Il est vrai que dans certaines circonstances il jouait un rôle assez ridicule; ainsi, à Cumes, on promenait sur un âne la femme convaincue d'infidélité conjugale. Augusta, la fille d'Ænobarbus, ayant subi pareille ignominie à Milan, en fut vengée par le sac de la ville.

Quand arrivait la fête de Vesta, l'âne voyait pendre à son cou des colliers de pain; tout travail cessait pour lui, et il pouvait passer en toute liberté devant la meule oisive. Ovide explique agréablement cet usage au chant VI des *Fastes*. Priape, le dieu lubrique, errait çà et là dans la campagne, flairant l'air et guettant nymphes et déesses. Tout à coup il aperçoit Vesta endormie et aussitôt il s'approche à pas de bouc, l'œil en feu, les bras en avant. Déjà il croit toucher au but de ses désirs, quand soudain l'âne de Silène, qui flânait là par hasard, se met à lancer un coup de trompette qui réveille la déesse. Les nymphes accourent à l'appel, chassent honteusement Priape, qui se retire aussi piteux qu'un renard qui a manqué sa poule. Au moyen âge, nous rencontrons la *fête des fous,* espèce de saturnale qui avait lieu le jour de la Circoncision. Ce jour-là, l'Église honorait tout particulièrement l'humble et utile animal qui avait assisté à la naissance de Jésus et l'avait porté sur son dos lors de son entrée à Jérusalem. La cathédrale de Sens était une des basiliques où la cérémonie resplendissait du plus noble appareil. Avant les vêpres, les chanoines et tout le clergé se rendaient processionnellement à la porte de l'église, bouteille et verre en main, chantant des vers latins dont voici le sens :

« C'est aujourd'hui le jour de la joie ; loin d'ici, les gens tristes ! A la fête de l'âne il ne faut que des cœurs joyeux. »

On introduisait ensuite l'animal, revêtu d'une chape, et on le menait à l'autel où il était censé officier à la place du prêtre, pour le plus grand amusement des badauds. Tandis que les uns l'encensaient avec des saucisses et du boudin, d'autres, en guise d'encens, lui brûlaient sous le museau de vieilles savates, pendant que tout le peuple braillait à tue-tête la prose triomphale :

Orientis partibus
Adventavit asinus
Pulcher et fortissimus,
Sarcinis aptissimus.

Des contrées de l'Orient
Il est arrivé un âne
Beau et fort,
Propre à porter des fardeaux.

Hé, sire âne, hé!

Hic in collibus Sichen
Enutritus sub Ruben,
Transiit per Jordanem,
Saliit in Betleem.

Sur les collines de Sichen,
Cet âne, nourri par Ruben,
A traversé le Jourdain
Et sauté dans Bethléem.

Hé, sire âne, hé!

Saltu vincit hinnulos
Damas et capreolos,
Super dromaderios
Velox Madianeo.

A sauter, il enfonce les faons,
Les daims et les chevreuils,
Plus rapide que les
Dromadaires de Madian.

Hé, sire âne, hé!

NOTICE

Aurum de Arabia,
Thus et myrrham de Saba,
Tolit in ecclesia
Virtus asinaria.

L'or de l'Arabie,
L'encens et la myrrhe de Saba,
La vertu de cet âne
Les apporta dans l'église.

Hé, sire âne, hé !

Des milliers d'assistants, à chaque couplet, répétaient le refrain en chœur, afin sans doute de décider l'officiant à mêler sa voix à la leur et à faire retentir les voûtes du temple de son braiment sonore. Quand on y était parvenu, l'assemblée entonnait la dernière strophe, si burlesquement emphatique :

Ecce magnis auribus
Subjugalis filius,
Asinus egregius,
Asinorum dominus.

Voici à grandes oreilles
Ce beau fils qui porte le bât,
Ane superbe,
Le seigneur des ânes.

Hé, sire âne, hé !

Ébaudissez-vous, manants et vilains ; gambadez autour du pauvre hère que vos maitres ont, pour un jour, revêtu d'habits somptueux. C'est vous-mêmes que vous célébrez en lui et le triomphe éphémère de Jacques Bonhomme. Dès demain il vous faudra tous deux reprendre le bât pour le reste de l'année, peiner et suer d'ahan sous le bâton du seigneur ou de l'abbé, qui vous laisseront à peine, à l'un quelques chardons, à l'autre un croûton de pain noir.

La scène change. En face de la féodalité qui se meurt et de la chevalerie tombée dans le ridicule, s'élève une puissance nouvelle, la bourgeoisie, aux allures modestes, mais d'un bon sens plus pratique.

On peut voir le contraste habilement incarné par Cervantes dans don Quichotte et Sancho, ces deux personnages d'un caractère si marqué, d'une physionomie si originale, et qu'il a vissés l'un et l'autre à leur inséparable monture. « Je ne connais pas, a dit Toussenel, d'identification de bête et d'homme plus complète que celle qui existe entre Sancho Pança et sa monture. Même grossièreté de bon sens de part et d'autre, même égoïsme, même sécheresse de cœur, même besoin de se gausser des principes d'équité et des idées généreuses, même mépris du droit, même respect du fait. Je voudrais rédiger en huit jours un traité de morale et de politique à l'usage du trembleur rien qu'avec les aphorismes les plus populaires du baudet. Qu'on inspecte l'arsenal de la politique de la peur, qui prend habituellement pour pseudonyme sagesse, on reconnaîtra que la plupart des armes défensives y incluses portent la marque de maitre Aliboron. »

Quel réquisitoire, bon Dieu ! et comme il serait facile d'y répondre ! On l'a fait d'ailleurs et victorieusement. Écoutez à ce propos les reflexions d'un philosophe contemporain :

« Je suis frappé quand je vois Sancho à la fois si fin et si lourd, si rusé et si dupe, si madré et si bête, discernant très bien un coin de la folie de son maitre, en même temps qu'il en accepte et en gobe le gros ; je suis frappé, dis-je, de la ressemblance qu'ont avec Sancho la plupart des hommes : ils sont tout à fait comme lui, en ce sens qu'ils exercent le plus souvent leur sagacité et leur finesse sur un fond de bêtise ou de folie à laquelle ils croient. Le commun des malins en bien des matières se contente, comme Sancho, d'admettre un tiers ou un quart de la grosse absurdité, assez encore pour qu'elle subsiste. Ils y croient on ne sait trop comment ; ils y tiennent, surtout si on leur a fait entrevoir quelque intérêt, quelque ile là-bas en perspective.

« Faire comme Sancho, en se formant comme lui chaque jour et en se dégrossissant de plus en plus, c'est-à-dire aller d'une plus grosse absurdité à une absurdité moindre, savez-vous que, si l'on était ironique, on pourrait soutenir sans trop d'invraisemblance que c'est peut-être là, en certaines branches, tout le progrès possible pour l'humanité. »

NOTICE.

Voilà des vues bien métaphysiques sur une œuvre si gaie et d'un si beau naturel. Laissons-les vite pour courir aux vivants tableaux que La Fontaine, le vrai poète de l'âne, a tracés dans ses fables. Ici nous n'avons que l'embarras du choix ; le modèle semble avoir posé dans toutes les attitudes, tant son peintre l'a représenté sous des formes différentes. Le portrait n'est exagéré en aucun sens : ni flatterie ni dénigrement, rien que la réalité simple et nue. Et tout d'abord la note sympathique.

Il se faut entr'aider, c'est la loi de nature.
L'âne un jour pourtant s'en moqua,
Et ne sais comme il y manqua,
Car il est bonne créature.

Au besoin même un peu d'encens au détriment de l'homme :

Seigneur, trouvez-vous pas bien injuste et bien sot
L'homme, cet animal si parfait ? Il profane
Notre auguste nom, traitant d'âne
Quiconque est ignorant, d'esprit lourd, idiot.

Mais, gare, si maître Aliboron devient vaniteux et se targue, par exemple, du merveilleux effet de sa voix, le fabuliste saura bien, par l'organe du lion, lui rabattre le caquet.

Car qui pourrait souffrir un âne fanfaron ?
Ce n'est pas là leur caractère.

Ailleurs il lui donne un bon conseil : *Ne forçons point notre talent, nous ne ferions rien avec grâce,* conseil que l'âne a eu tort de ne pas suivre, ce qui lui vaut de faire connaissance avec Martin bâton.

Dans *les Animaux malades de la peste,* à travers la moralité cruelle du drame, la sympathie se fait jour en faveur du pauvre diable éternellement opprimé par les méchants.

La Fontaine ne songe à réhabiliter personne, a dit avec raison un de ses commentateurs; mais, à l'occasion, il trouve ces traits pénétrants et cette pitié contagieuse qui prouvent qu'un homme d'esprit est aussi un homme de cœur. De tous ses récits, le plus original est, sans contredit, *le Meunier, son fils et l'âne,* odyssée pleine de gaieté, où tous les acteurs révèlent si naïvement leur caractère par leur ton, leurs proverbes, leurs quolibets et leurs chansons, tandis que l'âne assiste impassible à tout cela, tantôt porté comme un lustre par les deux villageois, tantôt pliant sous le poids de leur double charge ou se prélassant et marchant libre devant eux.

Voltaire avait de bonne heure fait connaissance avec les baudets. Encore enfant, il suivait au collège de Clermont les leçons du père Porée, lorsqu'un jour une bourrique passant par là voit la porte ouverte, entre dans la cour et pénètre jusqu'au milieu de la classe, située au rez-de-chaussée. Inutile de décrire la joie des élèves et le courroux du professeur. Celui-ci chassa aussitôt l'intrus, ce qui fournit au jeune Arouet l'occasion de lancer sa première impiété en parodiant le mot de l'Évangile : *Venit in suos et sui eum non recepere.* Plus tard, dans son trop fameux poème, il prête à l'âne de Saint-Denis une conduite assez pareille à celle de Lucius. Mais c'est là un sujet sur lequel il serait peu décent d'insister. Passons.

Le meilleur panégyrique de l'âne est celui qu'en a fait Buffon. Ne pouvant le citer en entier, vu son étendue, il me suffira d'en détacher les traits saillants pour que l'on ait la note et le ton :

« Pourquoi tant de mépris pour cet animal si bon, si patient, si sobre, si utile? Les hommes mépriseraient-ils, jusque dans les animaux, ceux qui les servent trop bien et à trop peu de frais?

« C'est la comparaison qui le dégrade : on le regarde, on le juge, non pas en lui-même, mais relativement au cheval ; on oublie qu'il est âne, qu'il a toutes les qualités de sa nature, tous les dons attachés à son espèce, et on ne pense qu'à la figure et aux qualités du cheval qui lui manquent et qu'il ne doit pas avoir.

« Il est de son naturel aussi humble, aussi patient, aussi tranquille que le cheval est fier, ardent, impétueux. Il souffre avec constance, et peut-être avec courage, les châtiments et les coups. Il est sobre et sur la quantité et sur la qualité de la nourriture; il se contente des herbes les plus dures et les plus désagréables que le cheval et les autres animaux lui laissent et dédaignent; il est fort délicat sur l'eau; il ne veut boire que de la plus claire... Comme l'on ne prend pas la peine de l'étriller, il se roule souvent sur le gazon, sur les chardons, sur la bruyère, sans se soucier beaucoup de ce qu'on lui fait porter: il se couche pour se rouler toutes les fois qu'il le peut, et semble reprocher à son maître le peu de soins qu'il prend de lui.

« Dans la première jeunesse, il est gai et même assez joli; il a de la légèreté et de la gentillesse. Il s'attache à son maître quoiqu'il en soit ordinairement maltraité; il le sent de loin et le distingue de tous les autres hommes; il reconnait aussi le lieu qu'il a coutume d'habiter, les chemins qu'il a fréquentés; il a les yeux bons, l'odorat admirable, l'oreille excellente. »

Éloge complet et juste auquel il serait superflu de rien ajouter[1].

1. Ce sujet semble avoir porté bonheur à Buffon lui-même et lui a inspiré une idée de génie qu'il exprima, selon son habitude, en excellents termes : « En créant les animaux, l'Être suprême n'a voulu employer qu'une idée, la varier en même temps de toutes les manières possibles, afin que l'homme pût admirer également la magnificence de l'exécution et la simplicité du dessein. »

NOTICE ARTISTIQUE

ANTIQUES

S'il est une thèse dont l'absurdité saute aux yeux, c'est assurément celle que Boileau soutint contre Perrault, lorsqu'il prétendit que certains sujets, vu leur manque de noblesse, étaient exclus du domaine de l'art. Et il citait à ce propos l'âne. Est-il plus ou moins noble que le cheval ou que le lion ? Grave débat qui fait sourire et dont les artistes de l'antiquité me paraissent s'être souciés médiocrement. Dans leurs œuvres en effet, il tient largement sa place et fait, ma foi, bonne figure, en compagnie de Silène ou de Bacchus.

Au musée Pio Clementino (Vatican), se trouve un bas-relief représentant la pompe dionysiaque. On y voit, entre autres, un petit char très bas, traîné par des ânes qui sont tombés et qu'un satyre placé devant cherche à relever.

NOTICE.

Un autre marbre antique nous montre Bacchus monté sur un âne et si ivre qu'un homme et une femme de sa troupe ont peine à le soutenir, tandis qu'un de leurs camarades ouvre la marche en jouant de la cymbale.

Voici une peinture de vase antique dont le sujet est Vulcain ramené dans le ciel par Bacchus. Le dieu du vin, la barbe longue, la tête couronnée de lierre et vêtu d'une tunique et d'un peplum, marche devant. Vulcain le suit, monté sur un âne et tenant un marteau dans sa main.

Autre vase antique : Bacchus, couronné de lierre, tenant un thyrse et un rhyton, est assis sur l'âne que précède un satyre jouant de la double flûte.

Sur une urne lacrymatoire on voit Silène, la coupe en main et monté sur son grison qu'un jeune satyre imberbe tire par le licou qu'il a fait passer sur son épaule. Derrière eux, un vieux satyre joue de la flûte.

Parmi les pierres gravées, un médaillon, délicieux de grâce et de malice, nous offre un spectacle du même genre. Ici le vieillard a des oreilles de chèvre comme un faune et tient une lyre de la main droite. Devant l'âne marche un jeune enfant qui joue d'une espèce de musette. A côté de Silène, sur la tête duquel un satyre pose une couronne de pampres, est une femme couronnée d'épis et tenant sur son bras gauche une corne d'abondance. Elle fait signe de la main au garçon qui chemine en avant.

Répétition du sujet sur un bronze trouvé à Herculanum. Silène, nonchalamment couché sur l'âne, tient dans sa main une coupe. Sur l'autre face, grand vase fermé à deux anses autour duquel on lit le nom de Mende, ville de Macédoine.

Il faut, je pense, classer aussi parmi les antiques le marbre de la cathédrale d'Orléans que décrit le recueil du Père de Montfaucon. Ce sont trois amours dans un char couvert d'un voile. Un des trois conduit le char tiré par deux ânes qui bronchent et tombent à terre. Un autre Cupidon tourne le dos à Bacchus et fait signe de relayer l'âne le plus fatigué. Le plaisant de tout ce badinage, c'est qu'un enfant de la troupe porte sur l'épaule, et renversée le long de son échine, la bête que l'on va mettre à la place de l'autre. On a voulu deviner un sens moral dans cette réunion des deux troupes de Bacchus et de Cupidon. Suivant les commentateurs, elle signifie qu'une débauche se mêle volontiers à l'autre, *sine Baccho et Cerere friget Venus.*

Quelques fragments de bas-reliefs d'un sarcophage romain, qui font partie du musée Pio Clementino, représentent Prométhée assis sur son rocher, au moment où il modèle avec un ébauchoir la première femme. Le taureau l'âne et le lièvre qui l'entourent expriment les qualités des divers animaux, mêlées par le grand artiste au limon dont il forme ses créatures. Un autre fragment, cette fois de fresque, trouvé à Régina et conservé au musée de Naples, représente un âne chargé qu'un manant suit en le tenant par la queue. Devant lui, un crocodile sort du fleuve pour le dévorer. « Le temps, aussi destructeur que le crocodile, dit spirituellement M. Champfleury, a mangé la tête de l'âne, car la fresque est malheureusement fort dégradée. »

Afin de ne rien oublier, indiquons encore l'âne bachique en bronze. Il est couronné de lierre et quatre petits bouquets de corymbe étoilent son front. Un harnais très riche, d'où sort la gueule d'un tigre, lui enserre le cou.

Enfin, les lampes consacrées à Vesta sont, d'ordinaire, terminées par une tête d'âne. Le même symbole se trouve accolé à celui de la déesse sur un denier de la famille Cassia.

SCULPTURES

DESSINS ET TABLEAUX

Les artistes du moyen âge, reconnaissants envers l'âne des services qu'il rendait pour la construction de l'édifice, l'y sculptaient soit en bois, soit en pierre, dans les attitudes les plus variées. N'était-il pas juste, en effet, d'accorder ce souvenir au patient et laborieux portefaix qui avait charrié pierres et matériaux ? A Argentan, ils l'ont représenté sur un des piliers de la nef de Saint-Germain. Dans la frise archivolte de l'église de Saint-Pierre d'Aulnay, il figure revêtu de la chape dorée. En d'autres lieux, nous le voyons transformé en musicien. Ainsi, au chapiteau de l'église de Meillet, il pince de la lyre à côté d'un lion qui joue de la viole. C'est là un thème à caricature qui a été exploité de tout temps. Voltaire, irrité contre Fréron et voulant user de ce moyen pour le ridiculiser, demanda à Gravelot de lui dessiner une lyre suspendue avec des guirlandes de fleurs et un âne qui brait de toute sa force en la regardant, avec ces mots au bas :

Que veut dire
Cette lyre?
C'est Melpomène ou Clairon.
Et ce monsieur qui soupire
Et fait rire,
N'est-ce pas Martin Fréron?

Il faut avouer que le crayon malicieux a traduit admirablement l'idée. Voltaire dut se sentir compris et vengé.

De nos jours, le peintre qui nous paraît avoir le mieux rendu la physionomie de l'âne, c'est Decamps. Le sujet lui plaisait ; il y est revenu bien des fois avec complaisance. Outre de jolies esquisses, *l'Ane et les chiens savants*, *le Repos d'un conducteur d'ânes*, vendu 480 fr., *les Deux voleurs et l'âne*, 300 fr., *le Meunier, son fils et l'âne* [1], 355 fr. en 1846, on a de plus un petit chef-d'œuvre, *Don Quichotte et Sancho*, exécuté d'abord légèrement à l'aquarelle et dont *l'Artiste* publia jadis une gravure à l'aquatinte par Prévost. Vendu 1,775 fr., il a figuré à l'Exposition de 1855. Les deux personnages arrivent

1. Tous ont été gravés à l'eau-forte par Marvy.

de face sur un grand chemin, au milieu d'une campagne brûlée par le soleil et sillonnée de rochers arides. Le chevalier errant, armé de pied en cap, droit, long et mince comme un peuplier, serre sa lance et, toujours disposé au combat, regarde du haut de Rossinante ce que la Providence daignera lui envoyer. A côté de lui, Sancho, la panse en avant et la main nonchalamment reposée sur sa cuisse, s'étale avec bonheur sur son âne. Son chapeau est rejeté en arrière pour laisser de l'air au front. Il a même, afin de ne pas gêner sa digestion, lâché quelques boutons de sa casaque. Son visage rougeaud est tourné vers le maître qui n'y prend garde et, tout entier à son rêve, n'entend rien des propos ni des sages conseils de son écuyer.

N'est-ce pas là tout Cervantes, toute la vie humaine incarnée dans ses deux types les plus différents ?

Un tableau de Decamps, d'un grand effet aussi, c'est *l'Anesse de Balaam,* qui fut payée 3,600 fr. en 1861, à la vente après décès du peintre. Au milieu d'un paysage coupé de hautes montagnes de granit, un ange vêtu de blanc se dresse tout à coup devant le faux prophète, qui frappe son ânesse pour la faire avancer. La nuit s'approche : à gauche, la fumée des tentes du camp moabite monte en spirale de la vallée vers le ciel.

Mais voici la composition la plus originale, *les Anes d'Orient,* dont toutes les parties attestent un soin minutieux. « L'artiste, dit un de ses biographes, a su nous intéresser aux moindres détails, aux masures pittoresques qui servent de fond, à un coin de muraille, aux moellons qui apparaissent dans les endroits où le crépi s'est effrité, au blanc pilier qui supporte l'angle d'un toit. Les ânes, groupés au premier plan, sont parfaits d'attitudes : l'un, planté sur ses quatre jambes, n'attend que le moment de se mettre en route ; un autre s'est couché et rêve mélancoliquement (si tant est que les ânes rêvent).

« L'ânier, jeune gars bruni par le soleil, laisse errer devant lui son regard nonchalant. Il semble attendre que quelque voyageur vienne lui louer ses bêtes. »

Tout bon illustrateur de La Fontaine, à commencer par Chauveau pour finir à Doré, n'a pas manqué de traduire au crayon les scènes réjouissantes où l'âne figure. Inutile d'énumérer ces innombrables gravures ; contentons-nous d'indiquer dans la belle édition de Montenault, Paris, Desaint et Saillant, 1755, in-folio, quelques planches des mieux réussies : *l'Ane chargé d'éponges*, et *le Meunier, son fils et l'âne*, eaux-fortes de Cochin terminées au burin par Chenu. La seconde a été supérieurement traitée dans le même recueil par Oudry, dont les dessins ont été gravés l'un par Flipart, l'autre par Laurent Cars. Il existe encore sur ce sujet un dessin au crayon rouge de Gillot, qui est au musée du

NOTICE.

Louvre, et beaucoup de tableaux dont un de Daumier, au Salon de 1849. C'est une libre interprétation de la fable, un prétexte à croquer trois joyeuses maritornes étouffant de rire à l'aspect du baudet qui se dandine.

BIBLIOGRAPHIE

Notre liste ne comprendra que les œuvres purement littéraires qui composent en quelque sorte la bibliographie asinesque ; il nous a paru inutile et d'un sérieux au-dessus de notre cadre d'y faire entrer les ouvrages d'histoire naturelle.

Disputation de l'asne contre frère Anselme, Turmeda sur la nature et noblesse des animaux. Lyon, chez Jaume Jaqui, par G. Lasne, 1544, in-16 de 180 pages.

Facétie pleine de gaieté et d'esprit, qui est traduite de l'espagnol. Il y a une édition de 1606 également in-16, sous la rubrique de Pampelune, chez Guillaume Buisson. L'édition originale est ornée de figures sur bois dont l'une, assez grotesque, a pour titre : *le Roi des animaux*. La conclusion du livre nous est pourtant favorable, car le frère Anselme prouve à son interlocuteur que les fils de notre père Adam sont de plus grande dignité et noblesse que le reste des créatures. Il y a quelques vers mêlés au texte.

Recueil faict au vray de la chevauchée de l'asne, faicte en la ville de Lyon et commencée le premier jour du moys de septembre 1566. Lyon, 1566.

Pièce rare. Elle a été réimprimée à Lyon par Barret en 1829 à 100 ex. in-8°.

Quatre dialogues faits à l'imitation des anciens, par Oratius Tubero (La Mothe Le Vayer). Francfort, Jean Sarius, 1606. 2 tomes en 1 volume in-4°.

Il y a dans ce livre neuf dialogues et non pas quatre. Celui qui nous intéresse ici roule sur les *rares et éminentes qualités des ânes de ce temps.* On les y loue surtout de leur sobriété et de ce qu'ils n'ont jamais eu à se repentir des excès de bouche.

L'asne ruant, composé par le disciple de Philostrate, ensemble six prologues comiques du même auteur. Paris, Fleury Bouriquant, 1620, petit in-8°.

Opuscule rare et qui manque à la Bibliothèque nationale.

Laus asini, par Daniel Heinsius. Leyde, Elzevier, 1623, in-4°, 222 pages, y compris l'index.

Premier modèle de la plupart des livres où l'on a essayé de réhabiliter l'âne. Les mêmes libraires en donnèrent une seconde édition en 1629, in-24, avec une jolie gravure qui représente deux savants prosternés devant un âne. Le nom de l'auteur ne se trouve à aucune des deux.

L'âne d'or, opéra-comique en deux actes et en prose, par Piron. Paris, 1724, in-8°.

L'asne, par L. Coquelet. Paris, Tabarie, 1729, in-12.

Quoique je n'aie pu mettre la main sur ce volume, je suppose qu'il est imité d'Heinsius, comme le suivant.

L'asne. Paris, Ant. de Heuqueville, 1737, in-12.

L'éloge de l'âne y est fait sans restriction, car l'auteur tire ce nom d'ἀσινής sans défaut, qui ne fait aucun tort.

Lettres d'une ânesse, servant de réponse au mémoire de Jacques Fréron pour son âne. Paris, 1751, in-8° de 12 pages.

Ce factum du libraire Urbain Coustelier appartient à une de ces *causes grasses*, qui à certains jours mettaient autrefois le Palais en liesse. Il s'agit d'un procès entre Jacques Fréron, blanchisseur à Vanvres, dont le baudet en rut avait mordu Mme Leclerc, femme d'un jardinier. De nombreux mémoires furent produits de part et d'autre. On les trouvera réunis dans un joli volume à figures intitulé *Causes amusantes et connues*. Berlin (Paris), 1770. Pour épigraphe :

Et Themis quelquefois se permet de sourire.

L'âne littéraire ou les âneries de maître Aliboron dit Fréron, par Escouchard Le Brun. Paris, 1761, in-12.

Pamphlet venimeux lancé par Le Brun Pindare contre Freron qui, dans son *Année litté-*

raire, s'était permis de le plaisanter à propos de l'envoi à Voltaire de la petite-fille de Corneille. Le Brun, non content d'avoir composé ou fait composer ce libelle par son frère, s'occupa de le répandre partout. « Ne serait-il pas heureux, écrivait-il à Voltaire, de venger à la fois le bon goût qu'il offense, et de réduire ce coquin à la mendicité, en attendant qu'il aille aux galères ? »

Voltaire le remercia de l'envoi de sa brochure en homme d'esprit, supérieur à de telles misères. « Il y a des choses bien bonnes et bien vraies. J'aurais peut-être voulu qu'on y marquât moins un intérêt personnel. Le grand art de cette guerre est de ne paraître jamais défendre son terrain et de ravager seulement celui de son ennemi, de l'accabler gaiement. » C'est précisément cette gaieté qui manque à la satire de Le Brun.

Éloge de l'âne par un docteur de Montmartre. Londres et Paris, 1769, in-18.

Espèce de parallèle satirique entre l'âne et l'homme, avec cette devise : *Nosce te ipsum.*

Gris-Gris, ou l'âne de Laure, poème en cinq chants par une muse gasconne. Paris, imprimerie du Louvre, 1781, in-8°.

Facétie composée à l'occasion d'un étrange procès dont les curieux verront le détail dans le recueil des *Causes amusantes.*

Éloge de l'âne, lu dans une séance académique par Christophe Philonagre (Dom Joseph Cayot). Aux dépens du loisir, 1782, in-12, avec figures.

Les ânes de Beaune, historiettes très plaisantes avec leur explication, par Chevignard de la Pallue, écuyer. Genève et Paris, Moutard, 1783, in-12.

Cette satire, publiée sans l'aveu de l'auteur, souleva du scandale. Pour en réparer l'effet, Chevignard fit imprimer la brochure suivante :

Les frères Lasnes, anciens commerçants à Beaune. Origine des plaisanteries faussement imaginées sur le compte des citoyens de cette ville. A Bonne Intention (Dijon, Mailly fils), 1784, in-12.

Deux commerçants fort distingués de Beaune, appelés Lasne, avaient pris comme enseigne la moitié du corps d'un âne : de là les facéties.

L'âne promeneur, ou Critès promené par son âne. Pampelune, chez Démocrite, et Paris, chez l'auteur, 1786, in-8° de 300 pages, avec une figure à la page 277.

Réimprimé en 1788 sous le titre de *Rabelais moderne,* ce livre est d'un publiciste alors célèbre, aujourd'hui oublié, Ant.-Jos. Gorsas, qui l'intitulait modestement : *Chef-d'œuvre* pour servir d'apologie au goût, à l'esprit et aux découvertes du siècle.

Discours de l'âne du frère Naboth, pour servir de suite aux francs-maçons plaideurs, par Martin Couret de Villeneuve. Orléans, 1787, in-8°, figures.

Quelques personnes ont attribué cet opuscule

contre les francs-maçons à F. Billemaz, ancien juge de paix à Lyon.

Éloge de l'âne, d'après Heinsius, traduit librement par L. Coupé. Paris, 1796, in-16.

Aneries révolutionnaires ou balourdises, bêtisiana, etc., etc. Anecdoctes de nos jours, recueillies et publiées par L.-Pierre Capelle. Paris, Capelle, 1801, in-18, figures.

L'âne au bouquet de roses, renouvelé de *l'Ane d'or* d'Apulée, par G.-M. Sallier. Paris, Le Riche, 1802, 2 vol. petit in-12.

Imitation affadie d'Apulée dont l'auteur détruit le charme en prétendant que toutes les aventures, Lucius les a rêvées couché à côté de Photis.

L'âne, le curé et les notables de Vanvres (1751). Histoire véritable, enrichie de notes très instructives par Bouvet de Cressé, et précédée de l'éloge de l'âne par Buffon. Paris, 1824, in-18.

Nous avons dit plus haut l'origine de ce singulier procès.

Cristoon et Fresquière, ou la queue de l'âne arrachée, comédie en un acte et en vers. Marseille, 1826, in-8°.

Les âneries de M. Z. Paris, Huzard-Courcier, 1826, in-8°.

Réplique à un article du *Journal des Débats* sur les mines d'or de Bambouc.

L'âne mort et la femme guillotinée, par Jules Janin. Paris, Baudoin, 1829, 2 vol. in-12 avec des vignettes de Devéria. Originale gageure d'un jeune écrivain qui voulait étonner son monde et pousser l'horreur à bout. Son vif et pimpant bourriquet, après avoir allègrement porté l'héroïne du roman, en est réduit à charrier du fumier et périt tristement à la barrière du Combat, dévoré par des chiens.

La seconde édition fut donnée par Delangle, la même année, in-18, avec frontispice et vignettes d'Alfred Johannot.

L'âne mort et la femme guillotinée, folie vaudeville en trois actes, par Simonnin et Th. Nezel. Paris, Quoy, 1832, in-8°.

Plaisanterie inspirée par le roman de J. Janin, et qui fut représentée sur le théâtre du Panthéon.

Un âne dévoué. Les animaux malades de la peste, ou les pensions et le Trésor, par Bajot. Paris, 1835, in-8°.

Brochure de douze pages où la fable de La Fontaine est paraphrasée dans un sens financier.

L'âne savant tenant école pour tout le monde. Paris, boulevard Saint-Martin, 1857, in-4° à 2 colonnes. C'était le titre d'une de ces mille *revues* lancées tous les ans comme ballon d'essai et dont si peu réussissent. Celle-ci, quoiqu'elle eût pour rédacteurs Ed. About, Gal. d'Onquaire, n'a pas dépassé, je crois, son premier numéro.

Mémoires d'un âne, par la comtesse de Ségur, née Rostopchine. Hachette, 1860, in-12. Ce joli volume d'une bibliothèque enfantine, gentiment illustré de 75 vignettes par Horace Castelli, est fort intéressant et a eu plusieurs éditions.

Les coups de pied de l'âne, par Aug. Joltrois. Paris, Masgana, 1862, in-12.

Agréable fantaisie dont la 3ᵉ édition a paru en 1871, chez Michel Lévy, illustrée par Gustave Henry.

L'âne et les trois voleurs, proverbe garibaldien en un acte et en vile prose. Paris, Poulet-Malassis et de Broise, 1860, in-8°.

Fait partie du théâtre des marionnettes italiennes.

L'ânesse et la lune, ou le procès pour rire, drame en un acte et en vers. Nimes, Guibert.

Arrêtons la litanie avant qu'on la trouve ennuyeuse. Quelque mauvais plaisant pourrait bien nous reprocher d'être trop plein de notre sujet.

A.-J. PONS.

TABLE

—

www.ingramcontent.com/pod-product-compliance
Ingram Content Group UK Ltd.
Pitfield, Milton Keynes, MK11 3LW, UK
UKHW031855260826
14628UKWH00002B/787

9 782329 429106